Claudia Kern

Vampire Monster Bestien

DAS HANDBUCH FÜR DÄMONENJÄGER

HEEL

IMPRESSUM

Heel Verlag GmbH
Gut Pottscheidt
53639 Königswinter
Tel.: 02223 9230-0
Fax: 02223 9230-13
www.heel-verlag.de
service@heel-verlag.de

Autorin:
Claudia Kern

Lektorat:
Juliane Waltke

Zeichnungen:
© Herbert Menzel

Satz und Gestaltung:
Collibri Prepress GmbH, Königswinter,
Ch. Mertens

Druck:
Koelblin-Fortuna-Druck GmbH & Co. KG, Baden Baden

Printed and bound in Germany

ISBN 3-89880-372-4

INHALT

BONUS VIR SEMPER TIRO

Für Berit, mit bestem Dank für die Hilfe.

Für Elizabeth, die mehr über Buffy weiß als Buffy selbst.

Für Stephan, der mal wieder leiden musste.

ANMERKUNG:
Die Autorin des Buchs geht davon aus, dass die Serien „Angel“ und „Buffy“ bis einschließlich der letzten Folge gesehen wurden. Wer nicht alle Folgen kennt, sei vor möglichen Spoilern gewarnt.

TEIL 1

GRUNDLAGEN

Vorwort

Man hat mich gebeten, einige Worte zu dieser aktualisierten und modernisierten Ausgabe des Wächterhandbuchs zu schreiben. Das ist eine Aufgabe, an die man nicht leichtfertig herangehen sollte, schließlich werden dies die ersten offiziellen Zeilen sein, mit denen eine neue Generation von Wächtern konfrontiert wird - abgesehen natürlich von den Rauchverbotsschildern in der Wächterkantine.

Aber was soll man dieser neuen Generation, der ersten seit der Zerstörung des alten Hauptquartiers, sagen? Sollen sie erfahren, mit welcher Selbstherrlichkeit und Selbstgerechtigkeit der Wächterrat Jahrtausende lang über die Jägerin herrschte, bis ein junges Mädchen namens Buffy Summers sich ihnen widersetzte? Sollte man ihnen von einer Welt erzählen, in der es nur eine Jägerin in jeder Generation gab und nur einen Wächter, der für sie die Verantwortung trug? Soll man ihnen vom Leben auf dem Höllenschlund berichten, von Zeiten, die längst vergangen und von Dämonen, die längst geschlagen sind?

Die Antwort lautet: ja!

Die Dämonen, über die wir hier sprechen, mögen zwar (größtenteils) besiegt sein, dennoch kann man aus ihrem Schicksal lernen - vielleicht nur durch die Fehler, die wir im Kampf gegen sie begingen. Wenn die Informationen in diesem Werk nur einem einzigen Wächter dabei helfen, das Leben seiner Jägerin zu retten, dann hat sich die Lektüre bereits gelohnt. In diesem Zusammenhang kann ich jedem Neuankömmling das Werk „Das große Handbuch der Dämonen und Vampire" empfehlen, im dem sich ausführliche Darstellungen von Buffy Summers' Feinden finden - teilweise kommentiert von der Auserwählten selbst und leider auch von dem intellektuell eher überforderten Vampir Spike.

Doch zurück zu dem vorliegenden Werk: Während wir uns im „Handbuch der Vampire und Dämonen" eher auf die klassischen Gegner wie Vampire und Werwölfe spezialisiert haben, soll es im ersten Teil dieses Werks vor allem um die praktische Wächterausbildung, das Phänomen der Höllendimensionen und um historische Personen gehen, die sich auf die eine oder andere Weise mit übersinnlichen Phänomenen befassten. Dabei haben wir uns entschieden, auch den Hexenjägern und Hexenprozessen des Mittelalters Platz einzuräumen. Dem angehenden Wächter soll durch die Gräuel dieser Zeit vermittelt werden, wohin blinde Hysterie, Aberglaube und Ignoranz führen können. Der Kampf gegen das Böse erfordert nüchterne wissenschaftliche Recherche, keinen Mob mit Pechfackeln.

Für den zweiten und dritten Teil konnten wir die Jägerin selbst, ihre Freunde und die Mitarbeiter von „Angel Investigations“ zur Darlegung ihrer eigenen Erfahrungen bewegen. Sie sprechen über ihren Kampf gegen das Böse (ob in dämonischer oder menschlicher Form) und ihre Erfahrungen in fremden Höllendimensionen und im vertrauten Kalifornien – soweit es da einen Unterschied gibt.

Mir ist bewusst, dass es manchen schwer fallen wird, die letzten Berichte zu lesen, die unmittelbar vor und nach den schrecklichen Ereignissen von Los Angeles entstanden. Da dies weder die richtige Zeit noch der richtige Ort ist, um darauf einzugehen, möchte ich mit einem Zitat von Properz schließen, der einmal schrieb:

„In magnis et voluisse satis est.“

„Bei großen Dingen reicht es auch, sie gewollt zu haben.“

Rupert Giles

London, Januar 2005

1. Die Ausbildung zum Wächter

„... So schickt es sich für die Auserwählte nicht, den Umgang zu suchen mit Gentlemen und Ladies außerhalb des Wächterrats. Üben soll sie, üben, lernen und beten. Erfahret der Wächter dann doch von einer Liaison oder gar Liebelei, so hat er die Auserwählte zu bestrafen mit dem Stock. Zehn Schläge soll er abzählen, zu geben auf die Handflächen oder Fußsohlen, ganz

nach seinem Gutdünken und der Schwere des Vergehens. Im Wiederholungsfalle sei ihm der Gang zum Wächterrat angeraten, auf das die Weisheit des Alters über die Bestrafung entscheide."
– „Über die Pflichten des Wächters",
Sir Frederick Shelby Wyndam-Pryce, London, 1812

Die meisten angehenden Wächter zögern, bevor sie zum ersten Mal die Schwelle zur Wächterakademie übertreten. Sie alle haben eine Vorstellung von dem, was sie in dem verwinkelten alten Gemäuer in der Einsamkeit Cornwalls erwartet, denn bis auf wenige Ausnahmen stammen sie aus Familien, die seit Jahrhunderten mit dem Wächterrat verbunden sind. Sie kennen die Geschichten von Vampiren und Werwölfen, die Menschen nach dem Leben trachten und von Untoten und Dämonen, die nach der Welt greifen und sie zu vernichten suchen. Ihre Familien haben ihnen von Kämpfen, Entbehrungen und Tragödien berichtet, von Pflichterfüllung, Disziplin und Aufopferung.

Doch keiner dieser jungen Wächter ist jemals einer Auserwählten begegnet.

Wie sollten sie auch? Bis vor wenigen Jahren gab es nur eine einzige Auserwählte und ein paar potenzielle Nachfolgerinnen, die überall auf der Welt verstreut lebten. Ihre Wächter suchten (wenn überhaupt) nur den Kontakt zu ihren Vorgesetzten, waren ständig bemüht, dem

[1] *Abgesehen von einem berüchtigten Zwischenfall, bei dem ein überenthusiastischer Ausbilder seinen Schützlingen einen Vampir unter angeblich „kontrollierten" Umständen präsentierte. Bei drei Klassen hatte er Erfolg, bei der vierten wurde er leider unvorsichtig, geriet in*

Vertrauen, das man in sie gesetzt hatte, gerecht zu werden. Die Wächter, die weder der Auserwählten noch einer potenziellen Kandidatin zugeteilt waren, hatten keine Gelegenheit, die Mädchen und Frauen kennen zu lernen, deren Schutz sie sich verschrieben hatten.

Für die meisten stellte dies auch keine Notwendigkeit dar. 95% aller Wächter arbeiteten bis zur Zerstörung des Hauptquartiers entweder in der Forschung oder der Verwaltung. Die wenigen Wächter, die in die Welt geschickt wurden, kannten Vampire nur aus den Tagebüchern aktiver Wächter oder aus dem Fernsehen.[1]

Auch die Ausbildung der Auserwählten erlernten sie nur im theoretischen Unterricht. Wie das Einführungszitat von Sir Frederick zeigt, ging man dabei nicht gerade zimperlich vor. So sollte ein aktiver Wächter, seine zu erwartende Unsicherheit mit harter Disziplin und drakonischen Strafen überspielen. Da die meisten Auserwählten bereits als Kinder zu ihren Wächtern kamen, lernten sie rasch sich unterzuordnen und das entbehrungsreiche, freudlose Leben zu akzeptieren.

Über die Jahrhunderte hinweg kam es immer wieder zu Kritik von Wächter- wie Auserwählten-Seite, aber die Macht des Rats, ihre Engstirnigkeit und die relative Kurzlebigkeit der Kritiker verhinderten, dass es zu einer Renaissance im Denken der Wächterobrigkeit kam. Das

die Fänge des Vampirs und musste kurz darauf zusammen mit drei seiner Schüler vom Hausmeister gepfählt werden. Daraufhin verbot Quentin Travers jeglichen Unterricht am „untoten Objekt“. Der Hausmeister erhielt eine Gratifikation.

konnte erst durch Buffy Summers und die letztendliche Vernichtung des alten Rats erreicht werden. Die Grundlagen für eine bessere Zukunft entstanden auf den Trümmern der Vergangenheit.

Heute stehen alle jungen Wächteranwärter, die über die Schwelle des Gebäudes treten, vor ganz neuen Herausforderungen. Da nur die wenigsten von ihnen sich für eine Karriere in Forschung und Verwaltung entscheiden werden, ist die Ausbildung praxisorientierter und vielfältiger als je zuvor. Die Dozenten werden versuchen, ihre Studenten so gut wie möglich auf die Zeit vorzubereiten, in der sie in das Leben eines Kindes oder einer Jugendlichen treten, um sie ihrer Bestimmung zuzuführen.

Je nach Spezialisierung benötigen die angehenden Wächter vier bis sechs Jahre bis zur Vollendung ihrer Ausbildung. Dabei erlernen sie Fähigkeiten in den folgenden Disziplinen:

Waffenlose Kampfkunst

Man kann nicht lehren, was man nicht selbst beherrscht. Auch wenn die Reflexe der Jägerin, ihre Körperkraft und Beweglichkeit einem normalen Menschen weit überlegen sind, nutzen diese Vorteile im Kampf gegen das Böse nur wenig. Ein Wächter, der die asiatischen Künste des Aikido, Kung-Fu, Karate und Taekwondo beherrscht, wird eine instinktiv reagierende Jägerin rasch in eine überlegene Kämpferin transformieren.

Bewaffneter Kampf

Schläge und Tritte können zwar dazu beitragen, einen übersinnlichen oder untoten Gegner zu besiegen, aber abgesehen vom klassischen Genickbruch (eine sehr elegante, wenn auch häufig übersehene Methode zur Beseitigung von Vampiren) benötigt man meistens doch schwerere Geschütze – im wahrsten Sinne des Wortes ...

In der Disziplin des bewaffneten Kampfs lernt der Wächter vor allem den Umgang mit Klingenwaffen. Als grobe Regel könnte man sagen: Alles, was den Kopf mit einem Schlag vom Körper trennt, sollte man beherrschen. Dazu gehören vor allem (wenn auch nicht ausschließlich) Schwerter, Säbel, Äxte und Macheten. Doch auch die Stichwaffen sollten nicht unterschätzt werden. Der professionelle Umgang mit dem Pflock ist eine Selbstverständlichkeit, die ab dem zweiten Ausbildungsjahr vorausgesetzt wird und die jeder Wächter in seiner Freizeit trainieren sollte.[2] Zusätzlich sollte die Handhabung von Lanzen und Hellebarden geübt werden, ebenso wie die improvisierte Verwendung von Alltagsgegenständen wie Stuhlbeinen und Ähnlichem. Der Phantasie sind keine Grenzen gesetzt.

[2] *Beim Training an Mitstudenten muss unbedingt ein stumpfer Pflock und eine Brustpolsterung verwendet werden. Die Verletzung „Lungenriss" ist ebenso hässlich, wie das Wort klingt.*

Bei den Fernwaffen zieht der klassische Vampirjäger die Armbrust allen anderen Pfeilwaffen vor, da sie handlich ist und trotzdem große Durchschlagskraft besitzt. Projektilwaffen wurden vom Wächterrat seit ihrer Erfindung im frühen Mittelalter als „neumodischer Kram, der sich nicht durchsetzen wird“ abgetan, haben sich aber inzwischen eine Nische erkämpft. Im Einsatz gegen Werwölfe leisten sie beispielsweise gute Dienste und auch gegen Dämonen und Zombies wurden sie bereits erfolgreich eingesetzt.

Zum Schluss sollten auch noch die Exoten erwähnt werden. Kettensägen, Elektroschocker (im landwirtschaftlichen Großhandel preiswert erhältlich) und Raketenwerfer sorgen beim Gegner für Überraschung und bei der Jägerin für eine abwechslungsreiche Abrundung des Trainings.

Dämonologie

Eine Jägerin, die einem unbekannten Dämon gegenübersteht, muss sich hundertprozentig auf die Angaben ihres Wächters verlassen können. Um dies zu gewährleisten, wird bei der Ausbildung größter Wert auf fundierte wissenschaftliche Kenntnisse gelegt. Der angehende Wächter studiert die klassischen Werke der Dämonologie (soweit möglich im Original), lernt die Dämonenclans kennen, mit all ihren Stärken, Schwächen, Feindschaften, Allianzen und Territorien.

Außerdem beschäftigt er sich mit den Höllendimensionen und ihrer Geschichte sowie den Strategien zur Bekämpfung dämonischer Wesen.

Die Dämonologie ist ein äußerst umfangreiches Studium, das der Wächter auch nach Ende der Ausbildung regelmäßig und intensiv weiterführen muss, um ein guter Ratgeber für seine Jägerin zu sein.

Magische Riten & Zauber

Die Wächterakademie ist nicht Hogwarts. Bedauerlicherweise muss dies so deutlich betont werden, da die Auswahlgespräche mit angehenden Wächtern darauf hinzuweisen scheinen, dass eine Verwechslungsgefahr gegeben ist.

Das Studienfach „Magische Riten & Zauber" dient vor allem der rechtzeitigen Erkennung und Einordnung dieser Phänomene. Ob es sich um eine Holzmaske handelt, die Untote erweckt und die unvernünftigerweise ohne eingehende Prüfung aufgehängt wurde oder um ein Pentagramm, das einen Dämon aus der Hölle in diese Welt holt – der Wächter muss in der Lage sein, die drohende Gefahr möglichst schnell zu bemerken und darauf zu reagieren.

Angehende Wächter, die ein magisches Talent zeigen, können zusätzlich eigene Zauber und Rituale lernen. Einfache Konzentrations- und Wachzauber zählen dazu, ebenso wie Zauber zur

Teleportation, Levitation, Waffenzauber und Selbstverteidigung. In diesem Fall verlängert sich die Ausbildung um bis zu zwei Jahre.

Psychologie

Bevor ein Wächter mit der Ausbildung einer Jägerin beginnt, muss er sie verstehen lernen. Viele Auserwählte sind gerade in die Pubertät gekommen, wenn der Wächter ihnen begegnet; entsprechend schwierig kann sich der Umgang gestalten.

Im Fach Psychologie sollen angehende Wächter lernen, wie man drohende Probleme der Jägerin frühzeitig erkennt, sie abwendet oder richtig darauf eingeht.

Sprachen

Eines der wichtigsten Werkzeuge des Wächters. Viele Nachschlagewerke wurden in Altgriechisch, Latein oder Sanskrit verfasst und entweder nie oder nur unzureichend übersetzt. Im Fach Sprachen können die Wächter aus einem Fundus alter Sprachen die vier wählen, die ihnen am stärksten liegen. Manche entscheiden sich für eine asiatische, andere für eine nordische oder orientalische Richtung. Weitere mischen die Sprachrichtungen, um ein möglichst breites Spektrum abzudecken.

Doch nicht nur menschliche Sprachen muss ein Wächter beherrschen. Auch dämonische spielen eine große Rolle, weshalb es einen speziellen Unterrichtszweig zum Verständnis dieser Sprachen gibt. Sensible Wächter werden während dieser Unterrichtsstunden von Psychologen betreut, denn bereit ein Blick auf die verworrenen, falsch wirkenden Symbole oder die Aussprache eines einzelnen Wortes kann Angstzustände oder Panikattacken hervorrufen.

Aus diesem Grund kann sich ein Wächter vom Erlernen dämonischer Sprachen durch ein Attest befreien lassen.

Mythologie

Die Mythologie eines Volks kann wertvolle Hinweise auf die Dämonen enthalten, von denen dieser Landstrich einst bevölkert wurde. Mythen, Weltentstehungslegenden und vor allem Prophezeiungen müssen umfassend studiert werden, damit der Wächter erkennt, wie man wertvolle Informationen von reinen Märchen trennt. Die meisten Wächter konzentrieren sich bei ihren Nachforschungen auf den Kulturkreis, dessen Sprachen sie erlernen. Einige wenige entscheiden sich sogar für das Studium dämonischer Mythologie in den Originalsprachen. Da Selbstmordversuche und Geisteskrankheiten bei diesen Studenten überproportional hoch sind, steigen die Beiträge der Krankenversicherung entsprechend.[3]

[3] *Der Wächterrat betreibt eigene Versicherungen für seine Mitglieder. Detaillierte Informationen darüber findet man in der Broschüre: „Tipps & Tricks für angehende Wächter“.*

Bibliothekswesen

Man muss nicht alles wissen. Man muss nur wissen, wo man es nachschlagen kann. Das Studium des Bibliothekswesens hilft bei der Umsetzung dieser alten Wächterweisheit. Außerdem sorgt es dafür, dass sich Wächter ihr manchmal doch etwas karges Gehalt durch eine Nebentätigkeit in Leihbüchereien, Schulbibliotheken oder Museen aufbessern können.

Informatik

Das unbeliebteste Fach der älteren und das beliebteste Fach der jüngeren Wächter. In der Informatik werden im ersten Ausbildungsjahr vor allem Grundkenntnisse zum Umgang mit Computern vermittelt. In den weiterführenden Kursen beschäftigen sich die Studenten mit dämonischen und/oder übersinnlichen Phänomenen im Internet und in der Software-Programmierung. Ein Sonderkurs in „Informatik und Magie" erlaubt es einem Wächter, sich zum Technomagier ausbilden zu lassen.[4]

Diese Auflistung kann leider nur die theoretischen Grundlagen des Lebens vermitteln, das ein angehender Wächter an der Akademie führt. Um diesen Teil des Handbuchs etwas plastischer zu gestalten, wurde ein Student aus der Testklasse (die ein Jahr vor der ersten regulären mit der Ausbildung begann) gebeten, einen typi-

[4] *Die Ausbildung berechtigt nicht zum Herunterladen urheberrechtlich geschützten Materials.*

schen Tag aus seinem Leben zu dokumentieren.

Mit dem Ergebnis beenden wir diesen Teil des Handbuchs.

Johns (Name geändert) Tagebuch

Donnerstag, 04.09.04

6:30 Uhr: Aufstehen. Eigentlich wollte ich um sechs aufstehen, weil ich mich um viertel vor sieben mit Paul zum Joggen treffen soll, aber es ist gestern im Pub ein wenig später geworden. Ziemlich viel später, um genau zu sein. Wir hatten uns zu fünft getroffen, um „Van Helsing" zu sehen. Leider haben wir so gelacht, dass man uns aus dem Kino geworfen hat.

Keinen Sinn für Humor, diese Leute.

Danach sind wir im Pub gelandet und haben uns einen Spaß daraus gemacht, die 100 gröbsten Fehler des Films aufzuzählen, auf Latein natürlich, um unser Sprachverständnis zu üben. Der Barkeeper dachte, wir seien italienische Touristen ...

7:00 Uhr: Paul hat ebenfalls verschlafen. Wir lassen das Joggen sausen und gehen direkt zum Frühstück. Da nur unsere 20-köpfige Testklasse im Moment an der Akademie unterrichtet wird, sind wir mit den Dozenten allein im Speisesaal. Man steht also unter ständiger Beobachtung. Mister Frooth, unser Sprachlehrer besteht auf einer Unterhaltung in Sanskrit. Vor der ersten Tasse Tee ist das unmenschlich.

8:00 Uhr: Apropos unmenschlich: Dämonologie als erstes Unterrichtsfach des Tages lässt sich nur schwer überstehen. Irgendwie sehen diese Dämonen alle gleich aus. Miss Hendersons Stimme ist so schrill wie quietschende Autoreifen. Hinter ihren Brillengläsern sind ihre Augen riesig und scheinen vorzustehen. Paul meint, sie sei schlimmer als der assyrische Pestbeulendämon Kruuh. Hat er irgendwie recht.

10:00 Uhr: Waffenlose Kampfkunst. Der Morgen wird endlich interessant. Mister Stanton ist unser Lehrer, aber wir müssen ihn alle den Major nennen. Angeblich war er Ausbilder bei irgendeiner Spezialeinheit und wurde wegen übermäßiger Schinderei gefeuert. Ich finde ihn aber cool. Die Tritte und Schläge, die der drauf hat, hauen jeden Vampir um – und jeden Wächter, wie Paul letzte Woche feststellen musste. Zwei blaue Augen hat der Major ihm verpasst, weil seine Deckung nicht schnell genug oben war. Seitdem geht Paul nur noch ungern zur waffenlosen Kampfkunst.

12:00 Uhr: Mittagessen. Mister Frooth hat einen Termin außer Haus, so entfällt die mittägliche Sprachakrobatik. Einige Streber unterhalten sich trotzdem auf Latein. Die Kantine wirkt viel zu groß für 20 Studenten. An den Wänden hängen die Portraits früherer Wächter. Die Ältesten stammen aus dem vierten Jahrhundert vor Christus. Es gibt sogar noch Ältere, doch sie sind zu stark beschädigt, um ausgehangen zu werden.

Man fühlt sich schon seltsam, wenn zweieinhalbtausend Jahre Tradition zusehen, wie die nächste Generation ihre Pommes isst.

12:30 Uhr: Die so genannte Studierperiode, in der wir den Morgen aufarbeiten sollen. Meistens erledige ich das in einer halben Stunde und verbringe die Zeit bis 14 Uhr mit Computer spielen. So ein Technomagier-Spezialkurs bringt auch im Leben „da draußen" Vorteile.

14:00 Uhr: „Magische Riten & Zauber" könnte ein sehr cooler Kurs sein, wenn Mister Lennard-Smythe nicht ständig darauf beharren würde, dass wir nicht in Hogwarts sind. „Magie ist kein Spiel-, sondern ein Werkzeug und ich bin nicht Fumblefore", das ist sein Standardsatz. Niemand hat ihm bisher erklärt, dass der Direktor von Hogwarts Dumbledore heißt ...

Trotz dieser Einschränkungen kann man eine ganze Menge in „Magische Riten und Zauber" lernen. Ab und zu kann man Lennard-Smythe sogar zum

Erzählen einiger Geschichten bewegen. Seine Großmutter war eine aktive Wächterin, die in den 50er Jahren die Auserwählte betreute. Er hat versprochen, in der nächsten Stunde einige magische Artefakte mitzubringen. Hoffentlich geht das nicht wieder nach hinten los, so wie der südasiatische Holzelefant, der das ganze Klassenzimmer voll gepinkelt hat, nachdem ihn Nancy (die sonst ganz süß ist) zum Leben erweckt hatte.

16:00 Uhr: Bewaffneter Kampf. Kettensägen! Ich fasse es nicht, Miss Goddard hat tatsächlich Kettensägen an uns verteilt. Sie sind ein Geschenk von Mister Giles, der angibt, gute Erfahrungen mit dem Einsatz unorthodoxer Waffen gemacht zu haben. Wenn von Vampiren so wenig übrig bleibt wie von den Dummies, an denen wir sie ausprobiert haben, gibt es für Jägerin und Wächter nur wenig zu befürchten.

Im Alltagsleben könnte das Tragen einer Kettensäge allerdings zu interessanten Fragen führen ...

18:00 Uhr: Abendessen. Mister Frooth ist leider zurück. Die eine Hälfte der Klasse muss sich auf Latein unterhalten, die andere auf Sanskrit. Zum Glück sitze ich auf der Lateinseite.

18:30 Uhr: Die zweite Studienperiode des Tages. Wie die meisten anderen auch nutze ich sie zum Lernen der vier Grundsprachen, für die ich mich entschieden habe. Heute konzentriere ich mich auf Sumerisch, was aber nicht richtig klappt, weil Nancy Probleme mit ihrem Laptop hat. Ich bin zwar der einzige Technomagier in der Klasse, aber irgendwie glaube ich nicht, dass sie allein deshalb zu mir kommt.

20:00 Uhr: Paul, Nancy, Simon und Dave wollen im Wald Vampir und Jäger spielen. Das ist eine gute Gelegenheit, den Umgang mit dem Pflock zu üben. Vorsichtshalber rufen wir den Förster an, damit er uns nicht mit Rotwild verwechselt. Angeblich gab es da schon böse Unfälle.

23:00 Uhr: Sieben Vampire habe ich gepfählt, fünf Mal bin ich gebissen wurden - obwohl das fünfte Mal von Nancy kam und sich irgendwie nicht richtig wie ein Biss anfühlte.

Eigentlich kein schlechter Tag im Leben eines angehenden Wächters.

23:30 Uhr: Nach einer halben Stunde Freizeit gehe ich schlafen. Morgen beginnt der Tag mit einem Vortrag von Mister Frooth über Grammatik bei präkolumbianischen Dämonenvölkern.

Nancy nimmt am gleichen Kurs teil ...

2. Kleines Wörterbuch der Magie für angehende Wächter

von Quentin Travers, leitender Wächter, 2003 (gefunden von Rupert Giles in den Trümmern des Wächter-Hauptquartiers; unbearbeitet)

Für diese Ausgabe des Wächterhandbuchs haben meine geschätzten Kollegen mich gebeten, aus dem Fundus meines über Jahrzehnte gesammelten Wissens zu schöpfen und einige Begriffe zusammenzutragen, denen der Wächter im Verlauf seiner Ausbildung begegnen wird. Gerne bin ich dieser Bitte nachgekommen. (Weiter ausholen? Eigene Wichtigkeit deutlicher betonen? Noch ändern!)

Alchemie – Wissenschaft des klassischen Altertums, die in Griechenland und Ägypten betrieben wurde und über Persien ihren Weg nach China fand. Ihre Anhänger, die Alchimisten, glaubten, „unreine“ Metalle würden sich durch eine bestimmte Behandlung (auch Stein der Weisen genannt) in Gold verwandeln lassen. Der Stein der Weisen sollte in der Lage sein, alle Krankheiten zu heilen und das Leben um Jahrhunderte zu verlängern. Im 12. und 13. Jahrhundert gelangte die Alchemie zurück nach Europa und wurde zur wichtigsten Wissenschaft, die sich bis in die Neuzeit hielt. Viele praktische und theoretische Erkenntnisse stammen aus der Alchemie. Ob jedoch der Stein der Weisen je gefunden wurde, ist unbekannt.

Amulett – meist um den Hals getragener Gegenstand, der böse Geister, Unglück und Krankheit fernhalten soll. Amulette bestehen häufig aus einem wertvollen, seltenen oder besonders behandelten Material.

Antichrist – Dämon, der das Ende der Welt einläutet. Der Antichrist (vom griechischen antichristos, der Gegner Christi) taucht in der biblischen Offenbarung auf und gilt als letzter Herrscher vor der Apokalypse.

Apokalypse – prophetische Schrift, die das Ende der Welt vorhersagt. Wächter und Auserwählte haben gemeinsam bereits mehrere Apokalypsen (Plural überprüfen) verhindert.

Beelzebub – der Herr der Fliegen und der Krankheiten; einer der obersten Höllendämonen und nach christlichem Glauben direkter Stellvertreter Luzifers. Der Name Beelzebub bezieht sich wahrscheinlich auf „Baal, den Prinzen“, den höchsten Gott der Kanaaniter.

Besessenheit - ein menschlicher oder tierischer Körper, der von Dämonen, Naturwesen oder Geistern in Besitz genommen wird, gilt als besessen. Besessenheit tritt in allen Kulturen auf, in denen Geistwesen Einfluss auf Menschen nehmen. Als Symptome für eine Besessenheit gelten das Reden oder Schreiben in fremden Sprachen, Kenntnis von Dingen außerhalb des eigenen Wissensbereichs, übermenschliche körperliche oder geistige Kraft, Levitation. Im christlichen Umfeld kommen Boshaftigkeit und obszöne oder blasphemische Gesten bzw. Aussagen hinzu. Besessenheit kann freiwillig oder unfreiwillig auftreten, ist häufig jedoch Ausdruck einer Geisteskrankheit.

Dämon - ein niederer Naturgeist, der im klassischen Altertum als Vermittler zwischen Menschen und Göttern diente. Im christlichen Glauben gelten Dämonen als boshafte, nichtmenschliche Kreaturen, die zusammen mit Luzifer von Gott verstoßen wurden. Dämonen können von Menschen Besitz ergreifen oder sie körperlich angreifen. Der Legende nach beherrschten sie die Erde, bevor der Mensch in Erscheinung trat. (Nicht alle Dämonen böse? Telefonnummer W. W.-P. heraussuchen!)

Doppelgänger – das Auftreten von Doppelgängern hat verschiedene Ursachen. Der Legende nach existiert von jedem Menschen eine Kopie mit umgedrehten Charaktereigenschaften. Treffen die Doppelgänger aufeinander, muss einer der beiden sterben. Doppelgänger können auch in der Form von Auras oder Astralkörpern auftreten, zumeist als Warnung. Eine dritte Möglichkeit ist das Auftauchen von Doppelgängern aus einer Parallelwelt. (Wächtertagebuch R.G. Sunnydale überprüfen!)

Ectoplasma – eine weiße schleimige Substanz, die Geister benutzen, um Körper zu bilden. Tritt außerdem aus den Körperöffnungen von Geistersehern aus, die Kontakt zum Jenseits aufnehmen. (Reinigung schwarzer Mantel auf Spesenkonto setzen!)

Elektrokinese – die Fähigkeit Elektrizität durch Willenskraft entstehen zu lassen. (Telefonnummer W. W.-P.)

Exorzismus – rituelle Austreibung eines Geistes oder Dämons aus einem besessenen Körper meistens durch eine dafür ausgebildete Person (Schamane, Priester, Wächter). Häufig verbunden mit Schmerzen und Unwohlsein für den Besessenen.

Familiares - Geister, die Hexen und Zauberern dienen und meistens die Form zahmer Tiere, wie Hunde, Katzen oder Ziegen annehmen. Der Legende nach schenkte der Teufel den Hexen Familiares, die dann für sie Verbrechen und andere unrühmliche Taten begingen. Familiares tauchen nur in Großbritannien auf und sind im Rest Europas unbekannt.

Fluch - eine Beschwörung oder ein Gebet, das einer Person durch übernatürliche Hilfe Böses zufügen soll. Bezeichnet außerdem den Zustand eines Objekts, an dem der Geist einer bösen Tat oder einer Tragödie haftet.

Geist - die Erscheinung einer verstorbenen Person oder eines Tiers. Erscheint entweder, um die Lebenden zu warnen oder sich an ihnen zu rächen.

Gestaltwandlung - die absichtliche oder erzwungene Veränderung der eigenen Gestalt, eine Verwandlung in ein tierisches oder anders unmenschliches Wesen. Mythen über Gestaltwandler finden sich in fast allen Kulturen der Welt. Eine Verwandlung in Gegenstände kommt nur selten vor.

Ghoul - vom arabischen Wort ghul, „ergreifen“. Ghouls sind niedere Dämonen, die sich von Leichen ernähren und meistens auf Friedhöfen anzutreffen sind.

Halloween – die letzte Nacht des alten keltischen Kalenders und der Abend vor Allerheiligen. Traditionell verschonen die Kräfte der Hölle an diesem Tag die Menschheit. (Ausnahme Sunnydale erwähnen?)

Hexe/Hexer – Person, die Hexerei praktiziert, in der Pflanzen- und Zauberkunde bewandert ist und sich der Hilfe von Geistern und Familiares bedient. Im Mittelalter verfolgt als Diener des Teufels, Verbreiter von Seuchen und Erschaffer von Stürmen und Unwettern.

Höllendimensionen – Orte jenseits der materiellen Welt. Man glaubt, dass sie sich abspalteten, als die Dämonen die Erde verließen. Höllendimensionen fallen extrem unterschiedlich aus: So findet man menschenfeindliche Lava-Schluchten ebenso wie offene Ebenen und große Wälder. In einigen vergeht die Zeit schneller oder langsamer als in der materiellen Welt, in manchen sind auch andere Naturgesetze außer Kraft gesetzt. In der Höllendimension Plrtz Grlb weist zum Beispiel das Sonnenlicht eine Zusammensetzung auf, die es Vampiren ermöglicht, sich frei im direkten Tageslicht zu bewegen.

Incubus – Dämonen, die in der Gestalt gut aussehender Männer Sex mit nichts ahnenden Frauen praktizieren. Kinder, die aus einer solchen Liaison entstehen, nennt man Cambion. Der Zauberer Merlin war angeblich das Kind eines Incubus. Dämonen, die weibliche Gestalt annehmen, um Männer zu verführen, heißen Succubus.

Kruzifix – christliches Symbol, das Vampire abschreckt und bei Berührung verletzt. Neben Pflock, Weihwasser und Sonnenlicht das nützlichste Mittel gegen Vampire. (Köpfung nicht vergessen!)

Kryptozoologie – wissenschaftliches Studium von Tieren, deren Existenz umstritten ist, zum Beispiel Yeti, Ungeheuer von Loch Ness, Riesenhai. (Eigenes Buch zu Yeti erwähnen! ISBN-Nummer nachschlagen!)

Levitation – Schwebezustand des eigenen oder eines fremden Körpers oder Gegenstands, der durch Geisteskraft erreicht wird. Taucht vor allem in den Kulturen Europas, Indiens und Japans auf.

Luzifer – von Gott verstoßener Erzengel, der über die Dämonen der Hölle herrscht. Der Name bedeutet „Träger des Lichts".

Malleus Maleficarum – lateinischer Name des „Hexenhammers", eines 1486 erschienenen Werkes der Dominikanerbrüder Heinrich Kramer und Jakob Sprenger. Die einflussreichste theologische Anklage gegen Hexerei enthielt detaillierte Angaben zur Auffindung, Enttarnung und Folter von Hexen. Wurde zum Handbuch des Hexenjägers. (W. R. wegen Ebay fragen!)

Magie – Geheimwissen, das sich in unterschiedlicher Ausprägung in allen Kulturen der Welt findet. Beschreibt die rituelle Beschwörung übersinnlicher Kräfte, die in positiver oder negativer Weise auf die materielle Welt einwirken sollen. Im westlichen Kulturkreis unterscheidet man aus diesem Grund schwarze und weiße Magie.

Poltergeist – aggressive Geister, die sich durch laute Geräusche oder umherfliegende Gegenstände bemerkbar machen. Tauchen universell in allen Kulturen auf, wurden im Mittelalter mit Teufelsangriffen verwechselt. Seit den dreißiger Jahren glaubt man, Personen mit äußerst stark unterdrückten Gefühlen könnten ebenfalls für solche explosionsartigen Entladungen verantwortlich sein.

Satanismus – Gegenbewegung zum Christentum, bei der christliche Riten parodiert und pervertiert werden. Seit dem 19. Jahrhundert bezeichnet man mit Satanismus den Glauben an die Befreiung von christlichen Moralvorstellungen durch einen (häufig sexuell) ausschweifenden Lebenswandel. Satanismus sieht in Satan den Erschaffer der Natur.

Telekinese – die Versetzung von Gegenständen oder Körpern durch Geisteskraft. Telekinese wurde über eine Entfernung von nur wenigen Zentimetern bis zu Tausenden von Kilometern beobachtet.

Telepathie – Kommunikation auf geistiger Ebene, wird auch als Gedankenübertragung bezeichnet. Viele Telepathen besitzen nicht nur die Gabe der geistigen Verständigung mit anderen Personen, sondern auch die der Manipulation und Suggestion.

Vampir – untoter Dämon, der durch das Blut seiner Opfer Unsterblichkeit erlangt. Ein Austausch von Blut macht aus seinem Opfer ebenfalls einen Vampir. Lebt gern in kleinen Gruppen, die auch Familien genannt werden. Erzfeind von Jägerinnen und Wächtern.

Werwolf – menschliche Person, die durch den Biss eines Werwolfs dazu verdammt wird, sich in jeder Vollmondnacht in einen Wolf zu verwandeln und Menschen zu jagen. Kann mit Silberkugeln getötet werden. (Zukünftige Wächter vor „American Werewolf" warnen. Unseriös und faktisch bedenklich!)

Wicca - neoheidnische Religion, die im 20. Jahrhundert Aufschwung gewann und besonders in Großbritannien große Popularität genießt. (Weitere Angaben mit W.R. absprechen!)

Zombie - untoter Köper, der durch übersinnliche Kräfte zum Leben erweckt wird und sich hauptsächlich von Menschenfleisch ernährt; hat keinen eigenen Willen, lässt sich problemlos anleiten. Mit Zombie bezeichnet man außerdem die Opfer von Voodoopraktiken, bei denen Menschen durch Drogen in einen totenähnlichen Schlaf versetzt und anschließend einer Gehirnwäsche unterzogen werden.

3. Historische Persönlichkeiten – Hexenjäger, Hexen und Magier

von Wesley Wyndam-Pryce (Ex-Wächter, freier Dämonenjäger)

Den meisten beginnenden Wächtern (Junior-Wächter, wie sie im Rat gern genannt werden) fällt beim Beginn ihres Studiums der magischen Künste direkt eines auf: Fast alle, die sich außer ihnen damit befassen, sind Scharlatane und Hochstapler. Sie tauchen in allen Farben und Schattierungen auf - ein Medium, das mit den Toten spricht; ein Schamane, der den Schlüssel zum ewigen Leben kennt; ein Alchimist, der Blei in Gold verwandelt; ein Priester, der die Kinder des Teufels austreibt.

Sie versprechen Glück, Wohlstand und Sicherheit, doch sie bringen Unglück, Zerstörung und Angst.

Ein guter Wächter (oder freier Dämonenjäger) muss stets in der Lage sein, Wissenschaft von Aberglaube und echte Magier von Zirkuskunststückchen zu unterscheiden. Um dies zu erleichtern, habe ich im Folgenden einige historische Persönlichkeiten zusammengestellt, die es zu einer gewissen, wenn auch meist traurigen Berühmtheit gebracht haben.

Den Anfang sollen die dunkelsten Gestalten des Mittelalters machen, die teils staatlich, teils selbst ernannten Hexenjäger und Teufelsaustreiber.

Tomás de Torquemada (1420 - 1498) - Die Spanische Inquisition

Torquemada ist ein Name, der heute gleichbedeutend ist mit Folter, Sadismus und all den anderen Auswüchsen der Spanischen Inquisition. Sein Leben ist der Stoff von Legenden, nur wenig ist historisch verbrieft. Man weiß, dass er als junger Mann in den Dominikanerorden der nordspanischen Stadt Valladolid eintrat und sich dort rasch einen Namen als besonders frommer und gebildeter Mönch machte. So stieg er bis zum Beichtvater von Königin Isabella auf und nahm durch diese Position großen Einfluss auf die Politik Kastiliens. Angeblich bot ihm Isabella mehrere Erzbistümer an, die er jedoch ablehnte, um sich seiner wahren Leidenschaft, dem Ausbau der Inquisition zu widmen.

Über Torquemada sagt man, er habe sich stets geweigert, Leinenhemden zu tragen oder in Leinenbettwäsche zu schlafen, sondern habe sich stattdessen in ein Büßergewand gehüllt. Auch soll er als weiteres Zeichen der Demut kein Fleisch gegessen haben, umgab sich gleichzeitig jedoch mit mehr als 250 Leibwächtern und raffte ein gewaltiges Vermögen aus den beschlagnahmten Besitztümern Verurteilter zusammen. Seinen Schwestern verbat er die Heirat und zwang sie, in ein Kloster zu gehen.

In den letzten Jahren seines Lebens soll er unter der Furcht gelitten haben, vergiftet zu werden. Deshalb habe beim Essen stets das Horn eines Einhorns neben ihm auf dem Tisch gestanden.

Zumindest diese Behauptung kann man wohl den Legenden zuordnen.

Wesentlich gefestigter sind die Angaben zu seinem Lebenswerk, wenn man es so nennen möchte, der Inquisition. Gegründet wurde sie von König Ferdinand, der sie vor allem gegen die große jüdische Bevölkerung Spaniens richtete. Nach außen hin sollte die Inquisition gegen angeblich zum Christentum konvertierte Juden vorgehen, die heimlich weiterhin ihren Glauben praktizierten und sich damit der Ketzerei schuldig machten. In Wirklichkeit hatte König Ferdinand allerdings ganz andere Gründe: Er wollte die Opposition im eigenen Land zum Schweigen bringen und sich an dem Besitz der Verurteilten bereichern.

Der Mann, dem er diese wichtige Aufgabe übertrug, war Tomás de Torquemada, der 1482 zum Großinquisitor ernannt wurde. Als er die Inquisition übernahm, bestand sie aus einem einzelnen Gerichtsgebäude in Sevilla. Als er sie 15 Jahre später an seinen Nachfolger übergab, war daraus eine gewaltige Organisation geworden, deren Macht bis in die entlegensten Zipfel des Landes reichte und deren Terror man in jeder Stadt und jedem Dorf spüren konnte.

Was als perfides politisches Instrument begonnen hatte, geriet immer mehr außer Kontrolle. Juden und Christen zugleich wurden der Ketzerei bezichtigt und des Teufelswerks. Unter der Folter gestanden sie sinnlose Gräueltaten, für die es außer diesen Geständnissen selten Beweise gab.

In typisch menschlichem Opportunismus benutzten Menschen die Inquisition, um ihre Feinde zu denunzieren oder an den Besitz ihrer Nachbarn zu gelangen. Das Land war von einer Hysterie erfasst, die man später auch bei anderen Hexenjagden bis in die neu gegründeten amerikanischen Kolonien erleben würde.

Man schätzt, dass in den 15 Jahren, in denen Torquemada der Krone als Großinquisitor diente, mehr als 6000 Menschen auf dem Scheiterhaufen starben und mehr als 125.000 von der Inquisition angeklagt wurden.

Nach Torquemadas Ausscheiden geriet die Inquisition ins Stocken. Offiziell abgeschafft wurde sie jedoch erst 1834.

Franz Buirmann (ca. 159? - 16??) - der Hexenkommissar von Köln

Der aus Euskirchen stammende Jurist und Sohn einfacher Eltern gehörte zu den berüchtigtsten Hexenjägern seiner Zeit. Er war ein hagerer und kahlköpfiger Mann, der dazu neigte, Frauen, die ihn abgewiesen hatten, der Hexerei anzuklagen. Sein selbst für diese grausamen Jahre ausufernder Sadismus und seine Geldgier machten ihn zu einem gefürchteten Ankläger, über den ein Zeitgenosse einmal sagte, er würde sich eher dem Richtspruch wilder Tiere hingeben, als sich der Gnade von Dr. Franz Buirmann anzuvertrauen.

Es ist bekannt, dass er bei Prozessen in den kleinen Dörfern rund um Bonn 150 Menschen aus gerade mal 300 Familien auf den Scheiterhaufen brachte. Auch war es nicht unüblich, dass er bei Folterungen die Sache selbst in die Hand nahm, wenn ihm danach war. Die beiden Zeugen, die alle Folterungen überwachen mussten, machte er bei solchen Gelegenheiten betrunken, bis sie nicht mehr darauf achteten, was er tat. Wenn, was nicht selten geschah, das Opfer bei den Folterungen starb, behauptete Buirmann, der Teufel habe seinen Mitwisser zu sich geholt, um dessen Aussage zu verhindern.

Das Gegenteil konnte ihm ja niemand beweisen, und es hätte wohl auch niemand versucht, denn Buirmann schickte gern politische Gegner, wohlhabende Witwen (deren Vermögen ihm zufiel) und sogar seine eigenen Henker auf den Scheiterhaufen. In den Gerichtssälen, in denen er anwesend war, herrschte eine gespenstische Atmosphäre, denn niemand, weder Schöffe, noch Zeuge, noch Angehöriger konnte sicher sein, nicht als Nächstes in die Folterkammer geschickt zu werden.

Buirmanns Tyrannei endete schließlich, als er 1635 wegen allzu großer Unregelmäßigkeiten seinen Posten aufgeben musste. Es heißt, er sei einige Zeit später nach einem nächtlichen Kneipenbesuch von den Angehörigen eines Opfers angegriffen worden und danach untergetaucht. Über sein weiteres Schicksal ist nichts bekannt.

Matthew Hopkins (?? – ca. 1647) – Witch-Finder General in Essex, Großbritannien

Über die nächste Persönlichkeit aus dem illustren Kreis der Hexenjäger ist ebenfalls relativ wenig bekannt. Vermutlich war Matthew Hopkins der Sohn eines puritanischen Predigers, der sich zum Juristen ausbilden ließ. In den Wirren des englischen Bürgerkriegs entdeckte er sein Talent zur „Entlarvung" angeblicher Hexen. Seine Karriere begann er 1644, als er die alte und einbeinige Elizabeth Clarke der Hexerei bezichtigte. Hopkins behauptete, er habe sie und mehrere andere Hexen bei teuflischen Riten beobachtet und wäre von ihnen in mörderischer Absicht verfolgt worden.

Am Ende des Prozesses wurden 19 Frauen gehängt[5], vier weitere landeten im Kerker, wo sie schließlich starben.

[5] *Im Gegensatz zu anderen europäischen Ländern wurden Hexen in England nicht verbrannt, sondern gehängt. Der Scheiterhaufen war Verrätern und Ketzern vorbehalten, Zauberkraft wurde mit dem Galgen bestraft.*

Nach diesem Prozess bezeichnete sich Hopkins selbst als „Witch-Finder General", wobei unklar ist, ob er jemals offiziell mit der Jagd auf Hexen betreut wurde. Zusammen mit zwei Assistenten reiste er durch die östlichen Grafschaften Englands und ging seinem äußerst lukrativen Geschäft nach. Wie Buirmann, der rund zehn Jahre vor ihm das Rheinland tyrannisierte, nahm auch Hopkins den Besitz seiner Opfer im Namen der Regierung an sich. Man schätzt, dass er in Zeiten, wo der Tageslohn eines Arbeiters bei umgerechnet vier Cent lag, rund 30, manchmal auch 40 Euro pro „gereinigter" Ortschaft verdiente. Die Regierung, die ihn angeblich beauftragt hatte, sah natürlich nichts von diesen Geldern.

Um seine Geldgier zu befriedigen, benötigte Hopkins Geständnisse. Folter war in England zwar offiziell verboten, aber der Witch-Finder General fand Möglichkeiten, um seine Opfer dennoch zu überführen. So zwang er einen 70-jährigen Priester namens John Lowe drei Tage und drei Nächte ohne Schlaf schwimmend in einem Graben zu verbringen, bevor er ihn herausholte und so lange zu Fuß gehen ließ, bis seine nackten Füße voller Blasen waren. Völlig erschöpft gestand Lowe seine Komplizenschaft mit dem Teufel. Da man ihm geistigen Beistand verweigerte, gab er sich auf dem Weg zum Galgen selbst die letzte Ölung.

Hopkins' Spezialität waren Messer mit einer gefederten Klinge, die beim leichtesten Druck in den Schaft zurückgedrückt wurden. Mit solchen Messern stach Hopkins öffentlich auf Hexen ein, um zu beweisen, dass sie nicht bluteten, so wie man es den Anhängern des Teufels nachsagte.

Eine besonders grausame Methode benutzte Hopkins, um angebliche Hexen zu finden, gegen die es sonst keine Beweise gab. Er ließ die Opfer gefesselt ins Wasser werfen. Wenn sie an der Oberfläche trieben, waren sie Hexen – da Hexen die Taufe ablehnten, glaubte man, das Element Wasser würde auch sie im Gegenzug ebenfalls ablehnen –, gingen sie unter, waren sie zwar tot, aber immerhin unschuldig und somit bei Gott.

Knapp zwei Jahre, bis 1646, dauerte die Terrorherrschaft des Witch-Finder General, dann regte sich der öffentliche Unmut so sehr, dass Hopkins sein Treiben aufgab. Über seinen Tod im Jahr 1647 existieren zwei verschiedene Berichte. Einer behauptet, Hopkins sei seiner eigenen Hexenprobe zum Opfer gefallen und ertrunken. In einem anderen heißt es weit weniger spektakulär, Hopkins wäre an Tuberkulose gestorben.

In nur zwei Jahren hatte er knapp 400 Menschen ermordet.

Man könnte diese Liste des Sadismus und der Geldgier beliebig fortsetzen, aber die Geschichten würden sich nur wiederholen. Da ist es vielleicht interessanter, einmal einen Blick auf die andere Seite des Zauns zu werfen, wo man eine bunte Mischung aus Männern und Frauen, Scharlatanen und Philosophen findet, wie zum Beispiel:

Heinrich Cornelius Agrippina von Nettesheim (1486 – 1535) – Alchemist, Feminist, Magier

Heinrich Cornelius Agrippina wurde in Köln geboren. Er begann an der dortigen Universität sein Studium der Künste und errang eine gewisse Berühmtheit, weil er darauf beharrte, nichts außer Latein zu sprechen. Heutzutage würde das sein Leben eher einsam gestalten, damals war es eine Exzentrizität, die man sich in gebildeten Kreisen leisten konnte. Agrippina verließ Köln bald und zog nach Paris, wo er sein Studium fortsetzte und mit einigen Kommilitonen einen Geheimbund zum Studium der Alchemie und des Okkultismus gründete.

Bereits im Alter von 23 Jahren veröffentlichte er „De occulta philosophia“, ein Buch über die Philosophie des Okkulten, in dem sich europäische magische Traditionen mit Renaissance-Gedanken und Humanismus verbanden.

In den nächsten Jahren reiste Agrippina quer durch Europa. Er lehrte in Frankreich und den

Niederlanden an der Universität, schrieb ein Buch über die Überlegenheit der Frau, ein weiteres über die Ursachen der Pest, studierte Magie, arbeitete als Diplomat, Jurist, Arzt und Soldat. 1519 verteidigte er erfolgreich in Metz eine Frau, die der Hexerei angeklagt war, und sorgte dafür, dass sich die Inquisition aus dem Fall zurückzog.

Da er sich mit dieser Tat nicht nur Freunde gemacht hatte, musste er die Stadt relativ hektisch verlassen, ein Schicksal, das ihn auf seinen Reisen häufiger traf. Ein weiteres Problem, das sich durch sein Leben zog, waren mangelnde finanzielle Mittel. So musste er Köln wegen seiner Schulden verlassen und verbrachte in Brüssel einige Zeit im Schuldnergefängnis.

Doch diese Rückschläge hielten ihn nicht davon ab, weiterhin seine Meinung in Traktaten und Büchern zu verbreiten und sich dabei gleichermaßen gegen kirchliche Ignoranz und astrologische Scharlatanerie einzusetzen.

Er zog sich schließlich nach Bonn zurück, musste die Stadt jedoch (mal wieder) überstürzt verlassen, nachdem man ein Todesurteil wegen Ketzerei gegen ihn ausgesprochen hatte. Er floh nach Paris, wo er ebenfalls nicht willkommen war und landete schließlich in Grenoble. Dort sah man ihn oft mit zwei großen schwarzen Hunden namens Monsieur und Mademoiselle, von denen man munkelte, es handele sich um dämonische Gestalten.

1535 starb Agrippina in Grenoble. Die beiden Hunde verschwanden angeblich am gleichen Tag und wurden nie wieder gesehen.

Mary Bateman (1768 - 1809) - Die Hexe von Yorkshire

Mary Bateman wurde als Mary Harker in einem kleinen Ort in North Yorkshire geboren. Im Alter von 20 Jahren zog sie nach Leeds, wo sie als Schneiderin arbeitete und den Wagenmacher John Bateman heiratete. Diese Tatsache dürfte Mr. Bateman relativ bald bereut haben, denn die frisch gebackene Mrs. Bateman erwies sich als pathologische Lügnerin und Betrügerin, die mit immenser krimineller Energie versuchte, all die zu übervorteilen, die mehr Geld als sie selbst besaßen. So zog sie nach einem verheerenden Feuer in der Stadt durch die Straßen und sammelte Kleidung und Decken für die Überlebenden - nur um sie zu ihrem eigenen Haus zu bringen und dort zu verkaufen.

Sie behauptete, übersinnliche Fähigkeiten zu besitzen und verdiente viel Geld mit einem Huhn, das angeblich Eier legen konnte, auf denen CHRISTUS IST NAHE stand. Wie dieser Trick funktionierte, kann heute leider niemand mehr sagen.

Nicht alle Pläne, die Mary umsetzte, funktionierten so gut. Nach einem fehlgeschlagenen Versuch überzeugte sie ihren Ehemann, dass sein Vater schwer krank in seinem Heimatdorf liege. John reiste sofort zu ihm, erfuhr dort jedoch, dass es ihm gut ging. Bei seiner Rückkehr entdeckte er dann, weshalb Mary ihn aus dem Weg haben wollte: Sie hatte in der Zwischenzeit all seine Kleidung und das gesamte Mobiliar verkauft, um ein Betrugsopfer auszuzahlen, das die Behörden hatte einschalten wollen.

Mary entdeckte schon bald, dass Menschen bereit sind, fast alles zu glauben, wenn es um Übersinnliches geht. Also erfand sie eine Freundin namens Mrs. Moore, die als siebtes Kind eines siebten Kindes magische Fähigkeiten hatte und die Zukunft vorhersagen konnte. Eines ihrer ersten Opfer war Mrs. Stead, die Frau eines Soldaten, der angeblich einen von Mary frei erfundenen Seitensprung erwog. Dank Mrs. Moore und ein paar glühenden Kohlen, die man auf die Türschwelle der „Rivalin" legte, konnte diese Krise abgewendet werden. Aber es folgten weitere natürlich kostspielige Krisen, die Mrs. Stead schließlich soweit in die Armut trieben, dass sie versuchte, sich das Leben zu nehmen. Erst als Mary erkannte, dass von diesem Opfer nichts mehr zu holen war, wandte sie sich dem nächsten zu.

Schon bald dehnte sich Marys Ruf auch über die Grenzen von Leeds aus. Man hielt sie, beziehungsweise Mrs. Moore für eine talentierte Wahrsagerin, deren Vorhersagen stets eintrafen. Eine ganze Reihe von Familien verlor durch Mary Bateman Geld, Schmuck und andere Habseligkeiten, doch die Betrügereien reichten nach einer Weile nicht mehr aus. Mary begab sich in dunklere Gefilde.

Eine Mutter und ihre zwei Töchter starben auf mysteriöse Weise, nachdem sie Medizin getrunken hatten, die ihnen von Mary Bateman verkauft worden war. Einem Ehepaar drohte Mary unverhohlen, ihre Tochter würde ertrinken, wenn sie nicht eine gewisse Geldsumme erhielte. Weitere Drohungen folgten.

Trotz all dieser Aktivitäten verbrachte Mary bis 1806 keinen einzigen Tag im Gefängnis. In diesem Jahr wurde sie schließlich von einem Mann namens Mr. Perigo angeklagt. Mrs. Perigo hatte unter Brustschmerzen gelitten und gemeinsam mit ihrem Mann einen von Mary gekochten Pudding gegessen. Während Mr. Perigo nach wenigen Löffeln aufgab, verzehrte seine Frau ihre gesamte Portion und starb kurze Zeit später unter entsetzlichen Schmerzen.

Als die Polizei Marys Haus durchsuchte, fand sie Habseligkeiten mehrerer Familien, Gifte und Geld. Obwohl sie ihre Unschuld beteuerte, wurde

Mary 1809 gehängt. Bis zuletzt glaubten ihre Anhänger, sie würde durch Magie diesem Schicksal entgehen.

Madame de Montespan (1635 - 1719) - die geheime Gemahlin Ludwig des XIV.

Madame de Montespan wurde als Francoise d'Aubigne Maintenon im Kerker von Niort geboren. Dort saß ihr Vater, der seine erste Frau und deren Liebhaber ermordet hatte. Im Kerker heiratete er heimlich die Tochter des Wärters, mit der er nach seiner Entlassung auf die Insel Martinique zog. Dort starb er einige Jahre später in völliger Armut.

Seine Frau kehrte mit Francoise nach Frankreich zurück und zog in Paris ins Haus ihrer Patentante. Francoise wuchs unter erbärmlichen Umständen auf. Dabei war sie jedoch so hübsch und anmutig, dass sie dem gelähmten und verkrüppelten Dichter Scarron auffiel, der in der gleichen Straße wohnte. Er hielt schließlich um ihre Hand an, sie zögerte, sagte dann aber zu.

Scarron umgab sich mit Künstlern und Intellektuellen, und Francoise nahm an diesem Leben teil und sog es gierig in sich auf. Doch das Glück währte nur kurz, denn bereits 1660 verstarb Scarron und ließ seine Frau mittellos zurück.

Durch die Hilfe seiner Freunde hielt sich Francoise über Wasser, bis sie schließlich 1669 eine Stellung im Palast Ludwig des XIV. annahm und dort zur Gouvernante seiner Kinder wurde. Ludwig schätzte die ernsthafte junge Witwe anfangs nicht besonders, änderte seine Meinung jedoch schnell. Sie wurde zu seiner engsten Vertrauten. Ludwig schenkte ihr Ländereien, und Francoise änderte ihren Namen in Madame de Montespan. Schließlich, im Jahr 1683, heirate Ludwig sie sogar heimlich.

Es ist nicht bekannt, zu welchem Zeitpunkt Francoise begann, sich für Okkultismus zu interessieren, aber aktiv wurde sie, als Ludwig erkrankte und sich sein Tod abzuzeichnen begann. Francoise spürte, wie seine Liebe zu ihr nachließ und befürchtete, er würde sie verstoßen und zurück in die Armut schicken. Das hätte sie nicht ertragen.

Also begann sie nach Möglichkeiten zu suchen, um das zu verhindern. Dabei stieß sie auf Catherine La Voisin, eine berüchtigte Hexe, die in Adelskreisen Liebeszauber verkaufte und die Zukunft vorhersagte.

Doch die Zauber allein reichten Francoise nicht. Catherine brachte sie mit dem Okkultisten und Satanisten Abbé Guibourg und dem Alchimisten Lesage zusammen. Gemeinsam mit ihnen begann Francoise, geheime Satansmessen zu feiern, bei denen neben obszönen und blasphemischen Riten sogar Säuglinge geopfert wurden, um die Liebe des Königs zu gewährleisten. Guibourg fand seine Opfer in den Armenhäusern und unter Prostituierten, die ihre Kinder meist ohne Gewissensbisse an ihn verkauften.

Als Guibourg, den man auch den Teufel von Paris nannte, schließlich nach jahrzehntelangem Treiben hingerichtet wurde, hatte er nach eigener Aussage zwischen 200 und 400 Menschen auf dem Gewissen.

Die Satansmessen erfreuten sich nicht nur bei Francoise großer Beliebtheit. Auch andere adelige Damen nahmen daran teil und hofften auf Erfolg in ihren Affären und Ehen. Francoise selbst beendete ihre Teilnahme schließlich im Jahr 1715, als Ludwig, der XIV. verstarb. Er hatte sie nicht verstoßen, doch das Geld, das nach seinem Tod für sie übrig blieb, reichte nicht zu einem Leben im Palast. Francoise zog sich in ein Kloster zurück, wo sie rund zwei Jahre später friedlich und ohne für ihre Taten gebüßt zu haben, starb.

Graf von Saint-Germain (?? - ??) - Der Unsterbliche

Der französische Schriftsteller Voltaire nannte Saint-Germain „den Mann, der niemals stirbt und alles weiß“. Es heißt, er sei im

Jahr 1690 als Sohn eines transsylvanischen Prinzen geboren worden, andere behaupten, er wäre in Kanaan gewesen, als Jesus Wasser in Wein verwandelte und habe im vierten Jahrhundert am Konzil von Nicaea teilgenommen.

Zum ersten Mal erwähnt wird sein Name im Jahr 1742, als er nach einem fünfjährigen Aufenthalt in Persien an den Hof Ludwig des XV. gelangt. Dort fällt er schon bald durch sein charmantes Auftreten, seine Kunstfertigkeit in vielen Bereichen und sein außergewöhnlich umfangreiches Wissen auf. Er war ein Maler, ein Violinist, ein Alchemist, Historiker und Juwelier. Er verfügte über kein Bankkonto, wirkte jedoch sehr wohlhabend, was manche zu der Behauptung veranlasste, er habe entdeckt, wie man Blei in Gold verwandelt. Von sich selbst behauptete Saint-Germain, er könne Perlen wachsen lassen und kleine Diamanten zu einem großen verschmelzen. Verbürgt ist, dass er mehrere Sprachen fließend beherrschte, unter anderem Französisch, Deutsch, Niederländisch, Spanisch, Portugiesisch und Englisch. Außerdem sprach er Chinesisch, Lateinisch, Arabisch, Altgriechisch und Sanskrit.

Eine Anekdote aus dem Jahr 1760 sorgte endgültig für Aufsehen rund um den geheimnisvollen Grafen. Bei einem Bankett traf er auf eine alte Gräfin, die einen Grafen namens Saint-Germain fast 50 Jahre zuvor in Venedig kennen gelernt hatte und überrascht bemerkte, wie ähnlich Saint-Germain seinem Vater sähe. Der Graf widersprach jedoch und erklärte, er selbst habe damals in Venedig gelebt. Die Gräfin wollte ihm nicht glauben, schließlich wäre er dann weit über 100 Jahre alt, aber Saint-Germain erzählte ihr Details über die gemeinsame Zeit in Venedig, die kein anderer hätte wissen können. Auf die Frage, wie alt er tatsächlich sei, schwieg er.

In den nächsten 40 Jahren tauchte er in zahlreichen europäischen Städten auf, sah aber immer aus wie ein Mann Anfang 40. Er schien Mitglied in mehreren Geheimbünden zu sein, unter anderem dem Templerorden, den Freimaurern und den Rittern des Lichts. In Russland half er Katharina der Großen im Kampf gegen die Türken, in Paris warnte er Ludwig den XVI. vor der französischen Revolution.

Saint-Germain starb angeblich in der Nähe von Hamburg im Jahr 1784, wurde danach jedoch noch häufig gesehen. So beobachtete er die Hinrichtung von Marie Antoinette und erklärte einer älteren Gräfin, was mit Frankreich in den nächsten Jahren geschehen würde. Die gleiche Gräfin begegnete Saint-Germain mehrmals bis ins Jahr 1821, wo sie selbst verstarb. Er schien nie zu altern.

1821 nahm er dann auch eine andere Identität an, nannte sich jetzt Major Fraser, wurde aber trotzdem von mehreren Personen erkannt. Aus dem Jahr 1897 stammt ein Autogramm der französischen Sängerin Emma Calve, das sie Saint-Germain gewidmet hat.

Die letzte Begegnung mit Saint-Germain stammt aus dem Jahr 1972. In diesem Jahr behauptete ein Franzose namens Richard Chanfray, in Wirklichkeit der Graf zu sein. Im französischen Fernsehen verwandelte er angeblich vor den Kameras Blei in Gold.

Chanfray beging 1983 Selbstmord.

Was von all diesen Geschichten Wahrheit und Erfindung ist, lässt sich längst nicht mehr sagen. Hat Saint-Germain wirklich den Schlüssel zum ewigen Leben gefunden und lebt seit über 1000 Jahren unter uns? Ist er ein Zeitreisender oder ein Besucher aus einer anderen Dimension? Oder war er nur ein bemerkenswerter Mann, der ein Mysterium um seine eigene Person erschuf?

Niemand weiß das. Sicher ist nur, dass es ihm gelungen ist, sein Geheimnis bis heute zu bewahren.

Kein Geheimnis hingegen findet man in den Aufzeichnungen der Hexenprozesse, die uns zu unserem letzten Punkt bringen. Wir haben die Ankläger und die Zauberer kennen gelernt, was fehlt, ist ein Blick auf die Opfer. Den gewähren uns die Aufzeichnungen eines französischen

Hexenprozesses, der zu seiner Zeit ganz Frankreich erschütterte.

Der Fall Louis Gaufridi (1576 - 1611)

Zu Beginn des 15. Jahrhunderts erreichte der Hexenwahn Frankreich und zog ein ganzes Land in seinen Bann. Die französische Inquisition kam aus Gründen, die heute nicht mehr nachvollziehbar sind, auf die Idee, es gäbe eine Art Generalangriff der Hölle, der sich besonders gegen Mitglieder der Kirche richtete. Dementsprechend angestrengt suchte man in Klöstern und Pfarreien nach Hinweisen auf Hexerei und Besessenheit.

Natürlich wurde man fündig, unter anderem im südfranzösischen Marseilles. Hier lebte der Priester Louis Gaufridi, der wie viele Geistliche jener Zeit keinen Hang zur Askese zeigte und das Zölibat fröhlich ignorierte. Es heißt, die Frauen seiner Gemeinde seien besonders gern zur Beichte gegangen.

In der gleichen Stadt lebte Madeleine de Demandolx de la Palud. 1605 hatte man sie mit 13 Jahren in ein Ursulinenkloster gebracht, wo sie wegen ihrer geistigen Labilität jedoch nicht bleiben konnte, sondern von den Nonnen zurück zu ihren Eltern gebracht wurde. Dort lernte sie

Louis Gaufridi kennen, einen Freund der Familie. Er war bereits 34 Jahre alt, als er sie traf, doch das hielt ihn nicht davon ab, eine Affäre mit ihr einzugehen. Sie verliebte sich in ihn und er sich vielleicht sogar in sie.

Die Eltern reagierten auf diese alarmierende Beziehung, indem sie ihre Tochter in ein Kloster im entlegenen Ort Aix-en-Provence bringen ließen. Dort lebte Madeleine zwei Jahre lang unauffällig, begann dann jedoch plötzlich Symptome zu zeigen, die auf eine dämonische Besessenheit schließen ließen. Sie litt unter krampfartigen Anfällen, glaubte Dämonenhorden würden sie umgeben und zerstörte während eines Anfalls sogar ein Kruzifix.

Solche Probleme traten in Klöstern relativ häufig auf und wurden meistens durch einen Exorzismus[6] bereinigt. In diesem Fall gelang es dem eilig herbeigerufenen Jesuitenpriester Romillon jedoch nicht, Madeleine von ihren Dämonen zu befreien.

In ihren Anfällen beschuldigte Madeleine Gaufridi. Sie behauptete, er habe mit ihr seit ihrem 13. Lebensjahr geschlafen und sei ein Teufelsanbeter und Kannibale. Gaufridi leugnete die Anschuldigungen, doch die Situation in Aix wurde immer dramatischer: Am Ende des Jahres 1609 war die Zahl der besessenen Nonnen auf acht gestiegen.

[6] *Ein enorm kompliziertes Ritual, bei dem Dämonen durch Gebete, Beschimpfungen, Weihwasser und manchmal durch das Einatmen giftiger Dämpfe vertrieben werden sollten.*

Romillon wusste nicht mehr weiter und rief Frankreichs berühmtesten Inquisitor, Sebastian Michaelis, zu Hilfe. Gemeinsam mit einem zweiten Exorzisten fand Michaelis heraus, dass ganze 6666 Dämonen von Madeleines Körper Besitz ergriffen hatten, darunter sogar Beelzebub, der nach Luzifer ranghöchste Teufel.

Nach Madeleine begann jetzt auch eine zweite Nonne, Gaufridi zu beschuldigen. Michaelis ließ das Haus des Priesters durchsuchen, fand zu seiner großen Enttäuschung aber keinen Hinweis auf teuflische Umtriebe oder Kannibalismus. Gaufridi triumphierte (verfrüht) und verlangte eine Entschuldigung und Wiedergutmachung des Großinquisitors.

Das war vielleicht nicht seine klügste Idee, denn der Fall hatte die Grenzen von Auix-en-Provence längst überschritten und hielt mittlerweile ganz Frankreich in Atem. Auf der einen Seite stand ein als Satansdiener verdächtigter Priester, auf der anderen ein Inquisitor, der schon zahlreiche Schlachten gegen das Böse gewonnen hatte. Jeder konnte sich denken, wie die Geschichte ausgehen würde – jeder außer Gaufridi.

Der zeigte sich sogar überrascht, als es 1611 zum Prozess kam. Die beiden besessenen Nonnen wurden vor den Richter gezerrt und überhäuften Gaufridi abwechselnd mit Beschimpfungen und Liebesbezeugungen. Madeleine nannte ihn erneut einen Kannibalen und versuchte, während des Prozesses zweimal erfolglos sich das Leben zu nehmen. An ihrem Körper entdeckten die Richter Teufelsmale, die einen Tag später jedoch auf mysteriöse Weise verschwunden waren. Ähnliche Male fanden sich bei genauerer Untersuchung auch an Gaufridis Körper, ein weiterer Hinweis auf seine Schuld. Endgültig besiegelt wurde sein Untergang jedoch durch einen unterschriebenen Satanspakt, den die Ankläger plötzlich vor Gericht präsentierten. Einzig Gaufridis Geständnis fehlte noch, doch durch die Folter meisterte die Inquisition auch diese letzte Hürde.

Gaufridi wurde schuldig gesprochen und noch einmal der Folter überantwortet. Sein Martyrium endete erst vor dem Scheiterhaufen, als man dem körperlich und geistig gebrochenen Priester die Gnade des Würgetods gewährte und nur seine Leiche verbrannte.

Nach seinem Tod blühte Madeleine plötzlich auf. Während die zweite besessene Nonne bis ans Ende ihres Lebens von Teufeln verfolgt wurde, verschwanden Madeleines Dämonen aus ihrem Körper, was das Urteil gegen Gaufridi zu bestätigen schien. Die Besessenheit unter Nonnen weitete sich zwar auf andere Klöster aus, ebbte jedoch schließlich ab. Trotzdem behielt die Inquisition Madeleine im Auge. Im Jahr 1652 wurde sie wegen Hexerei vor Gericht gestellt, nachdem die Teufelsmale wieder an ihrem Körper aufgetaucht waren. Man verurteilte Madeleine zu lebenslanger Haft, aus der sie schließlich kurz vor ihrem Tod entlassen wurde. Sie starb im Alter von 77 Jahren.

TEIL 2

HANDBUCH – BUFFYS GEGNER

In den sieben Jahren, die zwischen Buffys Berufung zur Jägerin und der Zerstörung des Höllenschlunds lagen, tauchten zahlreiche Dämonen in Sunnydale auf. Über einige wurde bereits in „Das große Handbuch der Dämonen und Vampire“ gesprochen, andere sollen auf den folgenden Seiten diskutiert werden. Dem Wächterrat war es dabei wichtig, soweit wie möglich die damals Beteiligten zu Wort kommen lassen. Mr. Giles hat diesem Unterfangen sehr geholfen, da er nach einer ganzen Reihe dämonischer Zwischenfälle Interviews mit der Auserwählten und den so genannten Scoobies (ihren Freunden) führte oder sie bat, ihre Erfahrungen niederzuschreiben.

Der Wächterrat hat auf jegliche Bearbeitung verzichtet – auch wenn das manchmal schwer fiel.

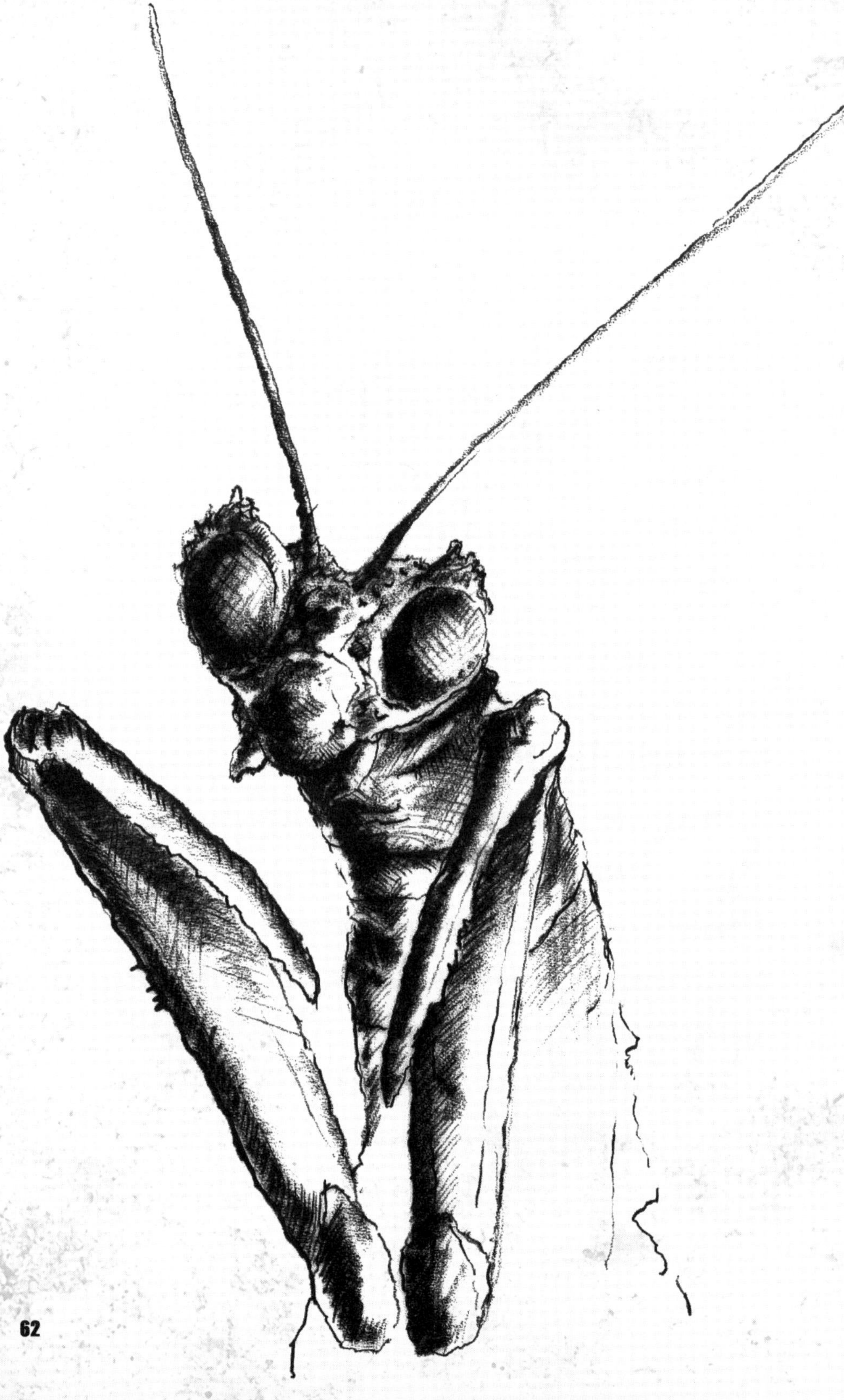

Gottesanbeterin

AUSSEHEN:	knapp zwei Meter großes Insekt, das auf den Hinterbeinen steht; kämpft mit den scharfen Scheren seiner Arme
STÄRKEN:	extrem große Körperkraft, Intelligenz
SCHWÄCHEN:	Fledermaussonar, Insektengift
BESONDERHEITEN:	kann menschliche Form über längere Zeit annehmen, ernährt sich ausschließlich von männlichen Jungfrauen

Xander Harris, 17.03.1997

Okay, war klar, dass ich diesen Eintrag schreiben soll. Reicht ja nicht aus, dass ich beinahe gefressen worden wäre und meine intimsten Geheimnisse jetzt Talkshowthema sind: Xander Harris, die männliche Jungfrau.

Aber ich sollte vielleicht die Geschichte von Anfang an erzählen. Alles begann mit unserem Chemielehrer Dr. Gregory, der an einem Morgen einfach nicht auftauchte und deshalb von der Aushilfslehrerin Miss French ersetzt wurde.

Natalie French.

Die junge und attraktive Natalie French.

Ich glaube, der gesamte männliche Teil der Klasse hatte Dr. Gregory bereits vergessen, bevor Miss French die Tür hinter sich geschlossen hatte. In meiner Schulbestenliste sprang der Chemieunterricht von einem der unteren Ränge spontan auf Platz Eins – noch vor der Mittagspause. Das war selbst dem gemischten Volleyballunterricht bei Miss Carter nicht gelungen.

Blaine, Footballstar und geistige Nullnummer entpuppte sich rasch als mein schärfster Konkurrent im Kampf um Miss French. Sie benötigte Hilfe bei einem Schulprojekt, wir beide meldeten uns gleichzeitig.

Das war wie ein Duell: Wer war schneller? Charles Bronson oder Henry Fonda? Die Guten oder die Bösen?

Natürlich gewann Blaine. Miss French ernannte ihn zu ihrem Assistenten und lud ihn zu sich nach Hause ein. Ich wollte schon den Rest meiner Schulzeit (oder meines Lebens) abschreiben, da sagte sie, ich könne einen Tag später ihr Assistent sein.

Kein hundertprozentiger Sieg, aber auch keine Niederlage.

Erst nach dem Unterricht dachte ich darüber nach, wobei ich ihr eigentlich assistieren sollte. Miss French wollte den Eiersack einer Gottesanbeterin nachbauen, hatte sie gesagt. Ziemlich seltsam, aber mein Spider-Man-Extrasinn meldete sich trotzdem nicht.

Dafür meldete sich Buffy am nächsten Tag. Cordelia hatte Dr. Gregorys kopflose Leiche im Kühlschrank gefunden, was Selbstmord irgendwie ausschloss. Zu dieser Schlussfolgerung war Buffy auch schon gekommen. Sie erzählte mir eine konfuse Geschichte über einen Vampir mit einer Klauenhand, der vor Miss French abgehauen wäre, als habe sie in Weihwasser gebadet. Blaine sei angeblich auch verschwunden (Gut so!). Giles hatte daraufhin wohl einen Freund angerufen, der in einer Irrenanstalt in England sitzt (Giles sollte wirklich mal über seinen Umgang nachdenken!), und der hatte ihm erklärt, Miss French sei eine getarnte Gottesanbeterin.

Klar. Sehr glaubwürdig. Rieseninsekten geben Chemieunterricht in Sunnydale. Vielleicht unterrichtet Godzilla ja bald Kunst?

Ich glaubte Buffy kein Wort. Das war rückblickend vielleicht nicht die tollste Entscheidung, aber das muss man schon verstehen. Miss French war an mir interessiert. An mir! Und mein einziger Konkurrent hatte das Feld geräumt. Wer hätte da schon auf ein paar Warnungen gehört?

Okay, die meisten hätten wohl ein paar Minuten länger nachgedacht als ich, aber ich war verzweifelt. Muss ich den Teil mit der männlichen Jungfrau noch mal wiederholen?

Ich ging also zu Miss French. Es lief viel besser, als ich gedacht hätte. Sie redete mit mir wie mit einem Erwachsenen, nicht wie mit einem Schüler. Sie begann mich zu verführen, bot mir sogar einen Drink an.

Das ist auch ungefähr das Letzte, woran ich mich erinnere. Zwei Schlucke und ich war weg, weit weg im Xander-Wunderland, wo es keine zwei Meter großen Gottesanbeterinnen gibt und wo eine Frau wie Miss French einen Jungen wie mich einfach so mögen kann – und nicht nur seine kopflose Leiche.

Während ich weggetreten war, rüstete sich Buffy mit Insektenspray und Fledermaussonar zum Kampf gegen Miss French. Den Tipp mit dem Fledermaussonar hatte sie aus irgendeiner Tierdokumentation, in der es hieß, dieser Ton würde das Nervensystem von Insekten stören. Dann schnappte sie sich den Klauenvampir und ließ ihn mit seinen Supersinnen nach Miss French suchen.

In der Zwischenzeit kam ich in einem Käfig im Keller wieder zu mir. Neben mir hockte Blaine in einem zweiten Käfig. Es gab auch noch weitere Käfig-Insassen, aber die waren weniger gesprächig. Kein Wunder, so ohne Kopf.

Miss French zog eine ziemliche Tarantula-Show ab, doch bevor sie mich und Blaine in ihre Sammlung einreihen konnte, schlug Buffy zu. Sie lenkte Miss French mit dem Insektenspray und dem Sonar ab, dann zerkleinerte sie das Rieseninsekt mit einer Machete – und zerkleinert meine ich hier durchaus wörtlich: Insekten-Geschnetzeltes à la Buffy.

Ich war natürlich froh, gerettet zu werden, klar. Aber die Sache mit der Jungfräulichkeit hätte wirklich nicht so breitgetreten werden müssen. Zum Glück war Blaine auch betroffen. Blaine, der Coole. Blaine, das Football-Genie. Blaine, die Jungfrau.

Was sollte einem Xander LeVelle Harris da noch peinlich sein?

Na ja, außer der Tatsache, mit zweiten Namen LeVelle zu heißen.

Moloch

AUSSEHEN:	bräunlich-orangefarbener, schuppiger Dämon mit geschwungenen Hörnern und roten, stechenden Augen
STÄRKEN:	große Körperkraft, Intelligenz, Gabe der Manipulation
SCHWÄCHEN:	Jähzorn, Ungeduld, anfällig für Magie
BESONDERHEITEN:	baut sich seinen eigenen Roboterkörper, nachdem er seine Geistform aufgegeben hat

Rupert Giles, 29.04.1997

Im Mittelalter war es unter Mönchen gängige Praxis, Dämonen in Bücher zu bannen und diese Bücher in speziell gesicherten Räumen aufzubewahren. Nur durch das Lesen der Texte konnte der Dämon wieder befreit werden.

Die Logik hinter diesem Vorgehen war ebenso simpel, wie letztendlich fatal: Da man die Dämonen nicht töten konnte, musste man sie an irgendeinen Ort bannen. Man bannte sie in Bücher, weil außer Mönchen kaum jemand lesen konnte und bei den zahllosen Raubzügen, denen Klöster ausgesetzt waren, die Bücher meistens verschont blieben. Doch die Kunst des Lesens und Schreibens blieb nicht auf diesen kleinen, elitären Kreis beschränkt, sodass mit dem Ende des Mittelalters (nach, wie man annehmen darf, einer Reihe unschöner Unfälle) diese Praxis eingestellt wurde. Aus alten Bibliotheks- und Klosterbeständen tauchen allerdings bis heute Bücher mit gebannten Dämonen auf – natürlich auch in Sunnydale.

Ich muss gestehen, dass ich nicht ganz unschuldig an den Ereignissen war, die sich nach der so harmlos wirkenden Anlieferung alter Folianten, entfalteten. Schließlich war ich es, der Willow bat, die wertvollsten Bücher einzuscannen, um sie vor allzu häufigen Zugriffen zu bewahren – eigentlich ein naiver Gedanke, denn die Bibliothek ist nicht gerade der populärste Ort der Schule, und die meisten Schüler besuchen sie nur, weil sie hoffen, dort Lösungsbücher für ihre Computerspiele zu finden.

Apropos Computer: Damit sind wir auch schon beim Kern des Problems angelangt, denn Willow scannte nichts ahnend ein Buch ein, in dem ein Dämon gefangen war. Der gelangte so in den Computer, wo er sich für eine Kreatur des

Mittelalters erstaunlich schnell zurechtfand. Schneller als ich jedenfalls, und ich bin ein Mensch der Neuzeit, auch wenn einige das vielleicht bezweifeln mögen.

Doch zurück zu unserem Problem. Moloch, so lautete der Name des Dämons, begann zwei Computer interessierte Schüler namens Fritz und Dave mit seiner Online-Präsenz zu manipulieren. Bereits im Mittelalter verfügte er über die Fähigkeit, leicht zu beeinflussende Menschen unter seine Kontrolle zu bringen. Der grobschlächtige, etwas aufbrausende Fritz verfiel ihm sofort, Dave nach anfänglichen Zweifeln ebenfalls.

Doch sie waren nicht die Einzigen. Auch Willow fiel auf den Dämon herein, der sich ihr online als ein Junge namens Malcolm vorstellte und in den sie sich zu verlieben begann.

Arme Willow! Ausgerechnet ihr, die ohnehin zu schüchtern und naiv ist, muss so etwas passieren.

Buffy erkannte als Erste, das etwas nicht stimmte. Sie bat Dave, Nachforschungen über Malcolm anzustellen, doch der versuchte stattdessen, sie zu töten, in dem er eine Pfütze unter Strom setzte. Buffy überlebte den Anschlag dank ihrer Jägerinnenstärke und der Gummisohlen ihrer Schuhe.

Nach seinem fehlgeschlagenen Mordversuch verlor Dave die Nerven, so zumindest haben wir die Ereignisse rekonstruiert. Er erklärte Moloch, er könne Buffy nicht töten, doch der Dämon zeigte sich von diesen plötzlichen Gewissensbissen nicht beeindruckt.

Ganz im Gegenteil. Moloch war so wütend über dieses Versagen, dass er einen Abschiedsbrief tippte und Dave in den Selbstmord trieb. Buffy fand den Jungen wenig später in einem Klassenraum hängend vor. Der Abschiedsbrief war an der Leiche befestigt.

Interessant ist an diesem Szenario vor allem, dass der Brief ohne einen einzigen Rechtschreib- oder Grammatikfehler verfasst war. Selbst wenn wir dem Dämon noch nicht auf die Spur gekommen wären, damit hätte er sich verraten.

Während Buffy und Xander versuchten, Willow vor dem vermeintlichen Malcolm zu retten, blieb mir nichts anderes übrig, als unser Problem der Informatiklehrerin Miss Calendar zu offenbaren. Meine Überraschung war groß, als ich feststellte, dass sie über ein außerordentlich großes mystisches Wissen verfügt. Sie bezeichnete sich selbst als Technomagier und erklärte sich sofort bereit mir dabei zu helfen, das Ritual der mittelalterlichen Mönche zu wiederholen.

Ich muss gestehen, dass es mir außerordentliche Freude bereitete, mit ihr an diesem Ritual teilzunehmen.

Als Buffy und Xander in der Lagerhalle eintrafen, in die Fritz Willow verschleppt hatte, war der Dämon bereits aus dem Computer geflohen und hatte sich seinen eigenen Roboterkörper gebaut. Seine erste, erstaunlich unintelligente Tat bestand darin, Fritz das Genick zu brechen. Er wollte sich gerade Willow zuwenden, als der Zauber von Miss Calendar und mir zu wirken begann. Moloch konnte sich kaum noch bewegen, griff Buffy jedoch trotzdem an.

Sein Angriff ging allerdings daneben. Er schlug mit der Faust in einen Starkstromkasten und wurde auf der Stelle vernichtet.

Damit endete seine kurze Existenz im Computerzeitalter. Ich selbst bin diesem Zeitalter ja bisher ferngeblieben, auch wenn Miss Calendar mich immer wieder einlädt, dem Rest der Menschheit ins 20. Jahrhundert zu folgen. Bis vor kurzem habe ich dort nichts vermutet, was mich interessieren könnte. Doch das ändert sich ja vielleicht ...

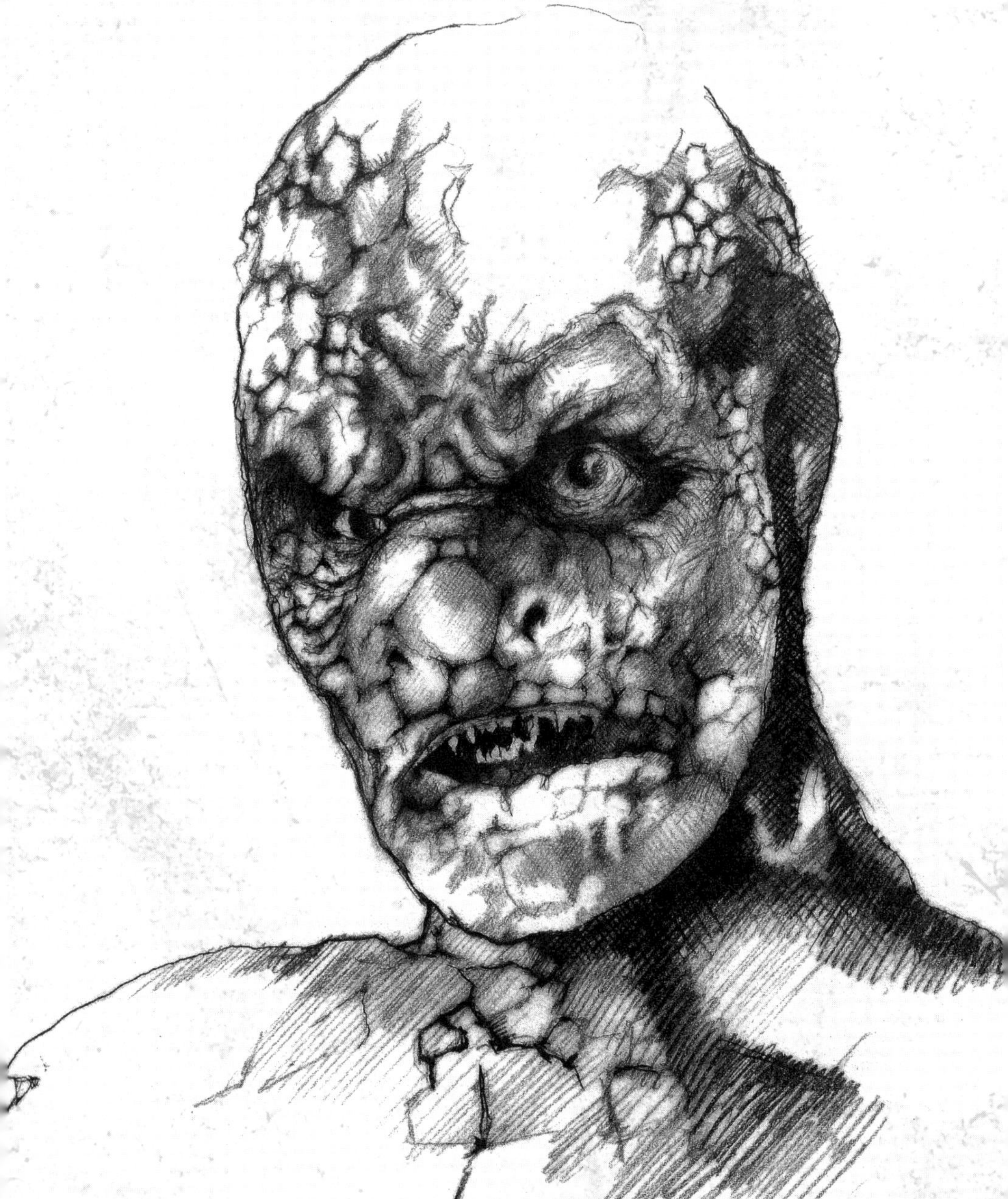

Machida

AUSSEHEN:	Halbwesen aus Mensch und Schlange mit spinnenartigem Schuppenmuster und knochigem Schädel
STÄRKEN:	loyale Anhängerschaft
SCHWÄCHEN:	keine große Kampfkraft
BESONDERHEITEN:	lebt unterirdisch, benötigt nur einmal im Jahr Menschenopfer

Cordelia Chase, 14.10.1997 (Audioaufnahme)

Also, ich werde nicht aufschreiben, was gestern Abend passiert ist, egal, was das für Ihre Nachforschungen bedeutet, Mr. Rupert Taktlos ist mein zweiter Vorname Giles. Wissen Sie eigentlich, wie sehr mich das traumatisiert hat? Angekettet an einer Wand im Keller neben Buffy Summers? Nicht, dass ich was gegen Buffy hätte, aber wenn ich schon angekettet werde, dann wenigstens neben jemanden wie … ich weiß nicht, jemanden, der meinem eigenen gesellschaftlichen Status näher ist … Madonna oder Julia Roberts. Obwohl die eigentlich zu alt sind, aber reich.

Ich möchte auch mal irgendwann alt werden, vielleicht in 40, 50 Jahren, aber wenn das so weiter geht, werde ich das wohl nicht erleben.

Was ist eigentlich los mit dieser Schule? Wieso liegen hier ständig Leichen herum? Oder schlimmer noch, laufen herum. Und wieso kann ein Mädchen nicht mal auf eine College-Party gehen, ohne dass alles schief geht.

Dabei waren diese Jungs aus der Studentenverbindung doch eigentlich ganz nett. Nett natürlich in dem Sinne, dass sie gut aussehen und ein teures Auto fahren. Sonst heben sie sich ja nicht von diesen Highschool-Verlierern ab, die einen ständig in der Cafeteria anstarren, aber zu Hause noch mit Lego spielen.

Richard passte ganz genau in diese Kategorie von „nett". Sein Freund Tom war ein bisschen komisch. Mir hätte klar sein müssen, dass mit den beiden was nicht stimmt, als sie unbedingt wollten, dass Buffy mitkommt. Das wäre ja so, als würde jemand einen Porsche nur dann kaufen, wenn er einen VW dazu bekommt. Macht keinen Sinn.

Das kam mir also schon seltsam vor, aber dabei gedacht habe ich mir nichts. Ich wollte schließlich auf diese Party.

Mein Popularitätsfaktor war in den letzten Monaten gesunken, weil ich zu oft mit den Bibliotheksfreaks gesehen worden war. Ich musste dringend Boden gut machen.

Also habe ich Buffy gebeten mitzukommen. Es war für mich klar, dass sie mitkommen würde. Es war schließlich eine College-Party, kein Kindergeburtstag in Willows Garten. Aber was macht Miss Unberechenbar? Sie sagt: nein!

Hallo? Jemand zu Hause im Außenseiterland? Eine bessere Chance zum Image polieren hätte sie doch nie bekommen. Das hat sie wohl auch verstanden, denn kurz darauf hat sie doch zugesagt. Irgendwie hing das wohl mit dem gut aussehenden Typen zusammen, den sie nachts immer auf Friedhöfen trifft.

Aber mir Leichtsinn vorwerfen.

Wo war ich? Sehen Sie, ich bin immer noch so traumatisiert, dass ich mich kaum konzentrieren kann. Eben habe ich mir sogar die Fingernägel lackiert ... in Pink. Das ist so 1995. So was wäre mir vorgestern noch nicht passiert.

Zurück zur Party: Sie lief nicht ganz so, wie ich es mir vorgestellt hatte. Betrunkene Jungs, noch betrunkenere Mädchen, schlechte Musik und ein extrem peinlicher Auftritt von Xander. Was hat er sich nur dabei gedacht, einfach auf der Party aufzukreuzen? Das musste ja auffliegen.

Leider war er nicht der Einzige, dessen Abend ruiniert war. Richard und Tom mixten irgendwas in die Drinks, die sie mir und Buffy ausgaben.

Auf einmal wurde alles schwarz (Ich hoffe, ich bin wenigstens elegant in Ohnmacht gefallen, nicht wie Robbie Cairnes in der dritten Klasse, die allergisch gegen Pfirsiche war, aber trotzdem die Pfirsichcreme zum Nachtisch gegessen hat. Sie hat sie ganze Zeit gesabbert, als sie am Boden lag. Danach habe ich nicht mehr mit ihr gespielt). Als es wieder hell wurde, war ich an einer Wand im Keller angekettet. Neben mir hingen Buffy und Callie. Callie trug Klamotten, die aussahen, als seien sie von farbenblinden Grobmotorikern im Drogenrausch genäht worden. Vielleicht lag das aber auch am Licht.

Tom und Richard erzählten uns irgendeinen Unsinn über ein Menschenopfer für „den einen, dem sie dienen". Ich dachte, das sei ein Scherz, doch dann taucht plötzlich dieses Schlangenmonster aus einem Brunnen im Boden auf. Eklig ist ein echt zahmes Wort dafür. Es sah aus, als habe jemand Mick Jagger mit einer Fischkonserve gekreuzt. Von jetzt an ist alles, was Schuppen hat, für mich tabu –

inklusive des netten Barkeepers in der Bronze.

Um die Sache kurz zu machen, schließlich bin ich ja ein Teenager und habe Verpflichtungen, Buffy hat die Ketten aus der Wand gerissen, ihre Freunde tauchten auch noch auf, und der Dämon wurde mit einem Schwert vernichtet.

Die Jungs aus der Verbindung werden wohl ins Gefängnis kommen, und wenn die Anwälte meines Vaters mit den Familien fertig sind, wird meine Zukunft an einem der besten Schauspielschulen des Landes wohl gesichert sein.

So ein Trauma kann teuer werden.

Der Richter

AUSSEHEN:	riesig, blauhäutig, mit mehreren kleinen Hörnern, die aus seinem kahlen Kopf hervorragen; seine Augen sind schwarz
STÄRKEN:	kann nicht getötet werden, saugt mit einer Berührung die Menschlichkeit aus einer Person
SCHWÄCHEN:	Nur geschmiedete Waffen können ihn nicht verletzen.
BESONDERHEITEN:	hat den Auftrag, alles zu vernichten, was gut und rechtschaffen ist

Rupert Giles, 21.01.1998

Auch wenn Angels Verwandlung in Angelus uns momentan am stärksten beschäftigt, dürfen wir die anderen Bedrohungen nicht vergessen, die Sunnydale immer wieder heimsuchen. Dazu gehörte auch der Richter, ein mächtiger Dämon, der durch das überraschender- und bedauerlicherweise noch existierende Vampirpaar Spike und Drusilla zur Gefahr wurde.

Sie brachten seine Einzelteile in großen Holzkisten

nach Sunnydale. Einzelteile deshalb, weil der Richter nicht getötet werden, aber sehr wohl zerlegt werden kann. Das hatte in der Vergangenheit eine Armee erreicht, ein Umstand, den Spike und Drusilla zu ändern wünschten.

Wir erfuhren zum ersten Mal vom Richter, als Buffy bei ihrer verpatzten Geburtstagsfeier in der Bronze auf einige Vampire stieß, die eine Holzkiste bei sich trugen. Buffy vernichtete die Vampire, öffnete die Kiste und wurde fast augenblicklich von dem Arm angegriffen, der sich darin befand.

Angel (zu diesem Zeitpunkt war er noch nicht Angelus) konnte Buffy zwar helfen, aber nicht verhindern, dass der Arm zu Spike und Drusilla gelangte.

Damit war der Dämon komplett.

Von Angel erfuhren wir nur wenig über den Hintergrund des Richters. Selbst unter Vampiren galt er als Legende, war vor langer Zeit erschaffen worden, um die Plage Menschheit vom Angesicht der Welt zu tilgen. Von wem kann niemand mehr sagen. Ich glaube, dass er selbst nicht mehr wusste, welch finsteres Wesen ihm einst seinen Auftrag erteilt hatte.

Es war klar, dass Spike und Drusilla ihn zusammensetzen wollten, damit er dieses Ziel endlich erreichte. Ebenso klar war, dass wir ihn stoppen mussten.

Während wir noch über Möglichkeiten nachdachten, wie das zu erreichen sein könnte, ließ der Richter sich Zeit. Er wusste, dass er all seinen Gegnern überlegen war und bereitete sich in Ruhe auf seine Mission vor.

Buffy war durch Angel/Angelus abgelenkt, aber zum Glück war sie nicht auf sich allein gestellt. Oz fuhr mit Willow und Xander zur örtlichen Kaserne. Dort bewies Xander, dass er seine Zeit als Soldat (nun gut, einen Nachmittag an Halloween) nicht vergessen hatte. Er schlich sich in die Waffenkammer und brachte genau die Waffe mit, die wir so dringend benötigt hatten.

Buffy kehrte gerade noch rechtzeitig zurück, um mit Xander und den anderen zur Mall zu fahren. Der Richter hatte erkannt, dass er dort die meisten Opfer finden würde. Er begann sein Massaker, wurde jedoch gestoppt, als Buffy einen Pfeil in seine Brust schoss. Seine arrogante Überzeugung unverwundbar zu sein, wandelte sich in Überraschung, als er erkannte, dass es in dieser neuen Zeit, in der er gelandet war, nicht nur riesige überdachte Märkte gab, sondern auch Waffen, die man als AT4-Raketenwerfer bezeichnet.

Die Rakete riss ihn in solch kleine Stücke, dass wir Stunden brauchten, um sie alle zu finden und in Kisten zu verstauen. Ich werde sie auf der ganzen Welt verteilen und hoffen, dass sie niemals wieder zusammengesetzt werden.

Zum Abschluss musste ich ein ernstes Wort mit Xander reden. Der Erfolg scheint ihm zu Kopf gestiegen zu sein. Er hat sich sogar ein T-Shirt machen lassen mit der Aufschrift **„Raketenwerfer retten Leben“**. *Ich halte es für keine gute Idee, so etwas zu tragen. Wir haben ohnehin bereits zu viel Aufmerksamkeit auf uns gelenkt.*

Über Angelus ist an anderer Stelle bereits alles gesagt worden.

Vahrall-Dämon

AUSSEHEN:	grün geschuppte, rotäugige Dämonen mit tentakelartigen Fortsätzen, die aus ihrem Hinterkopf ragen
STÄRKEN:	Körperkraft, Hartnäckigkeit
SCHWÄCHEN:	unflexibel, besiegbar durch normale Waffen
BESONDERHEITEN:	sind bereit, sich selbst zu opfern, um das Ende der Welt auszulösen

Spike (alias William, the Bloody), 19.01.2000

Alles fing mit diesem verdammten Erdbeben an. Es ist ja schon schlimm genug, sich eine Kellerwohnung mit dem X-Man Xander zu teilen, aber anscheinend haben die Höheren Mächte beschlossen, dass dieses Leiden allein nicht ausreicht. Nein, sie schicken ein verdammtes Erdbeben, das die Rohre aufreißt und diesen ganzen Schweinestall unter Wasser setzt. Ich habe schon in vielen Löchern gehaust, das dürfte klar sein, aber selbst die Gruft einer Leprakolonie ist appetitlicher als die Dinge, die auf einmal neben dem Tisch im Wasser trieben.

Xander, dessen Karriere steil aufwärts läuft – er hat seinen Job als Pizzaboten auch am zweiten Tag noch nicht verloren – war der Meinung, ich solle die Rohre reparieren und aufräumen. Hey, das Erdbeben war höhere Gewalt. Soll die verdammte höhere Gewalt den Mist auch wieder wegräumen!

Okay, schließlich habe ich nachgegeben. Ich wohne bei Xander, stelle mein Blut in seinen Kühlschrank und lege die Füße auf seinen Tisch. Vielleicht sollte ich langsam etwas beisteuern.

Leider machte ich den Fehler, mit dem Wäschewaschen anzufangen. Diese verdammte Waschmaschine hatte mehr Knöpfe als ein Space Shuttle, wer soll da schon wissen, welchen man drücken muss. Zu meiner Zeit wuschen die Frauen Klamotten noch auf Steinen am Fluss – Frauen wohlgemerkt, nicht Männer und erst recht keine untoten Männer.

Um die Sache abzukürzen: Meine Klamotten liefen ein. Sie sahen nach der Wäsche aus, als habe ein irrer Zwerg versucht, eine Spike-Parodie abzuziehen. Ich musste eines von Xanders Hawaii-Hemden und irgendwelche Shorts anziehen. Normalerweise würde man mich in so was nicht tot erwischen ... aber hey, ich bin schon tot, also was soll's.

Das Ganze hat meine Laune natürlich nicht sonderlich gehoben, aber darüber sollte ich auch gar nicht schreiben, sondern über die Dämonen, die in Sunnydale auftauchten und (mal wieder) das Ende der Welt ankündigten.

Nicht sehr phantasievoll! Diese Vahrall-Jungs hätten von mir einiges lernen können, aber da sie nicht gefragt hatten, mussten sich Buffy und ihre gestörten Freunde mit einem neuen Weltuntergang herumschlagen.

Mir wäre das ja eigentlich egal gewesen. Seit ich den verdammten Chip im Hirn hab und nichts mehr umbringen kann, fehlt mir der Sinn in meinem untoten Leben – dachte ich zu diesem Zeitpunkt zumindest noch.

Trotzdem hörte ich mir das Problem an. Diese Vahrall-Dämonen waren in Sunnydale aufgetaucht, um eine alte Prophezeiung zu erfüllen und den Weltuntergang einzuläuten. Dazu brauchten sie den Höllenschlund, der ja nicht so schwer zu finden war, das Blut eines Menschen, die Knochen eines Jungen, das Wort von Valios und drei lebendige Opfer.

Die Opfer wollten sie selbst sein (schön blöd). Den Rest suchten sie sich nach und nach zusammen. Zuerst ermordeten sie einen Studenten, den Willow neben sich auf dem Bett liegend entdeckte. Die Königin der Streber schien das gar nicht mal so schlimm zu finden, sondern regte sich vor allem darüber auf, dass ein Typ namens Percy sie als Streber bezeichnet hatte. Als was sollte er sie denn sonst bezeichnen?

Aber zurück zu den Vahrall-Dämonen, die eine ganz gute Glückssträhne hatten. Das Blut eines Menschen besaßen sie bereits, den Knochen eines Kindes fanden sie in einer Gruft (Miss Überjägerin konnte das nicht verhindern, was mein Herz erwärmt.) und das Wort von Valios stellte sich als Talisman heraus, der in Giles' Appartement lag, zumindest bis die Vahrall-Dämonen ihn fanden. Es stellte sich heraus, dass Giles ihn aus irgendeinem Nachlass gekauft hatte, aber glaubte, es handele sich um eine Fälschung.

Tolle Leistung, Sherlock!

Die Dämonen hatten also alles, was sie brauchten und machten sich auf zu den Ruinen der alten Schulbibliothek, unter der sich der Eingang zum Höllenschlund befand. Wir folgten ihnen – eigentlich folgten Buffy und die Außenseiter-Truppe ihnen, ich trottete einfach nebenher, weil ich nichts Besseres zu tun hatte – und stießen dabei ausgerechnet auf Riley, Buffys neueste Eroberung.

Wenn ich nur wüsste, was sie mit diesem Landei will …

Schließlich stellten wir die Dämonen am Höllenschlund.

Ich hatte Bock auf ein bisschen Action, wenn auch nur als Zuschauer, aber einer der Vahrall-Dämonen griff mich an. Er machte mich so wütend, dass ich einfach zuschlagen musste.

Und es funktionierte. Keine Schmerzen. Ich begriff auf einmal, dass der Chip nur Menschen vor mir schützte. Dämonen und Untote konnte ich weiter zusammenschlagen und umbringen, wie ich wollte.

Die Sonne schien über dem Höllenschlund aufzugehen. Die Vahrall-Dämonen hätten es zwar beinahe geschafft, das Ritual zu vollenden, aber am Ende hatten sie keine Chance gegen uns. Buffy fischte den Letzten praktisch aus dem Höllenschlund heraus, während um uns herum die Erde bebte, dann war der Spuk vorbei. Die Dämonen waren geschlagen.

Wo wir gerade beim Schlagen sind: Ich muss Schluss machen. Es ist Nacht und irgendwo da draußen laufen sicherlich ein paar schrecklich gelangweilte Dämonen herum. Wird Zeit, dass einer sie ein bisschen aufmischt.

Toth

AUSSEHEN:	sehr groß, kahlköpfig, eine Haut wie Lava, die von leuchtenden Adern durchzogen ist; seine Augen leuchten blau, seine Zähne grünlich; er trägt eine schwarze Kutte
STÄRKEN:	benutzt komplexe Werkzeuge, sehr kräftig
SCHWÄCHEN:	anfällig für Stichwaffen, starrsinnig
BEMERKUNGEN:	trägt einen Stab bei sich, den er als Waffe benutzt und der Ferula-Gemina (Stab der Verdopplung) genannt wird

Xander Harris, 11.10.2000

Wenn normale Menschen, Menschen, die nicht auf dem Höllenschlund leben, eine Ex-Dämonin als Freundin haben und mit der Jägerin, einer Hexe und dem Besitzer des örtlichen Magieladens befreundet sind, erzählen, sie hätten keine gute Woche gehabt, meinen sie damit, dass es Stress auf der Arbeit gab, dass sie sich mit ihrer Freundin gestritten

haben und von irgendeinem Typen angemacht wurden, dem sie nichts getan hatten.

So ähnlich war meine Woche auch, aber doch ganz anders.

Es fing damit an, dass Giles in der Magic Box von einem Dämon angegriffen wurde, der auf der Suche nach Buffy war. Angegriffen ist eigentlich das falsche Wort, denn der Dämon sah sich einfach nur um, während Giles mit einer Fruchtbarkeitsstatue auf ihn einschlug und natürlich nichts ausrichtete. Ich hatte ihm angeboten, ein paar Raketenwerfer aus der Kaserne zu ... sagen wir, requirieren, aber er wollte das trotz der niedrigen Lebensspanne der Magieladenbesitzer nicht.

Ein Schuss, und meine Woche wäre wesentlich entspannter verlaufen.

Wir fanden den Dämon in einem Buch. Er wurde Toth genannt und galt als besonders intelligenter Dämon, da er mit komplexen Waffen kämpfte und nicht nur mit Fäusten und Keulen auf seinen Gegner einschlug – praktisch eine Art **Dämon sapiens**.

Das hielt ihn allerdings nicht davon ab, die örtliche Müllkippe zu seiner Heimat zu machen. Dort suchten wir nach ihm, schließlich ist es nie eine gute Idee, darauf zu warten, dass der Feind zu einem kommt. Alte Rollenspieler-Weisheit!

Zuerst stolperten wir aber über Spike, der die Müllkippe meinem Appartement vorzuziehen scheint. Na ja, wesentlich dreckiger war es dort auch nicht.

Dann fanden wir aber doch den Dämon, der uns mit seinem Ebola-Femina-Stab oder so angriff. Heldenhaft wie ich nun mal sein kann, stieß ich Buffy zur Seite und wurde selbst getroffen. Alles wurde dunkel, und als ich wieder aufwachte, lag ich allein im Müll.

Das kam mir schon irgendwie komisch vor. Die anderen hätten mich sicher nicht zurückgelassen. War ihnen was passiert? Hatte der Dämon sie vielleicht sogar besiegt?

Die Wahrheit war viel bizarrer.

Es gab einen zweiten Xander, den Buffy und die anderen für mich gehalten und mitgenommen hatten. Dieser Xander begann mein Leben zu übernehmen – und was das Schlimmste war, er lebte es besser als ich.

Er mietete ein tolles Appartement für sich selbst und Anya, kleidete sich besser als ich, duschte häufiger, trug Socken, die zusammenpassten, und schaffte es sogar, einen bes-

ser bezahlten Job auf der Baustelle zu bekommen. Spätestens da war mir klar: Das musste ein Dämon sein. Der echte Xander Harris wäre gefeuert, nicht befördert worden.

Willow glaubte mir, als ich davon erzählte. Während sie mit Buffy und Giles sprach und nach einer Lösung suchte, machte ich mich auf zum Showdown im neuen Appartement des coolen Xander.

Es war schon ein ziemlicher „Twilight Zone"-Moment, als ich mir selbst gegenüberstand. Mir war nie aufgefallen, dass meine Haare so seltsam abstehen, und da war ein Pickel an meinem Hals, der ziemlich eklig aussah.

Der neue und verbesserte Xander beteuerte zwar, der richtige Xander zu sein, aber ich wusste, dass er log. Ich wollte mich gerade auf ihn stürzen, als Buffy ins Appartement stürmte und den Kampf vorzeitig beendete.

Sie erklärte, dass der andere Xander ebenso echt wäre wie ich selbst. Der Dämon hatte uns verdoppelt, so wie Captain Kirk in einer Folge. Der neue Xander hatte all meine Stärken bekommen, und ich hatte nur die Schwächen behalten.

Typisch! Sogar als Doppelgänger bin ich ein Versager.

Blieb nur noch Toth, der genau in dem Moment auftauchte und versuchte, Buffy doch noch zu verdoppeln. Sein

Plan war irgendwie genial: Er wollte nach der Verdopplung die schwache Buffy erledigen, die starke wäre dann ohnehin gestorben, weil eine Hälfte ohne die andere nicht überleben kann.

Aber dazu kam es nicht. Buffy griff Toth an und spießte ihn mit einem Schwert auf ... genau auf dem Teppich des neuen Appartements. Hätte sie Toth nicht einfach aus dem Fenster werfen können?

Willow machte die Verdopplung mit einem einzigen Satz rückgängig und alles war wieder beim Alten. Abgesehen davon, dass ich endlich einen guten Job und ein vernünftiges Appartement habe.

Na dann, danke, Toth!

Schlangenfrau

AUSSEHEN:	wie eine alte, menschliche Frau; aus ihrem kahlen Schädel ragt eine zwei Meter lange, Oberschenkel breite Schlange hervor
STÄRKEN:	Schlangenkopf versprüht Gift, Intelligenz
SCHWÄCHEN:	keine besonderen Körperkräfte
BEMERKUNGEN:	Schlangenkopf lebt auch abgetrennt weiter

Buffy Summers, 30.01.2001

Über mein Leben habe ich mir eigentlich nie Gedanken gemacht, zumindest nicht bevor Mum starb und ich ... na ja, auch. Aber so langsam muss ich wohl Verantwortung übernehmen, damit Dawn sich weiter Britney-Spears-CDs kaufen kann und wir nicht aus unserem Elternhaus in einen Pappkarton unter einer Brücke umziehen müssen. Verantwortung bedeutet Geld verdienen, das Leben in die eigene Hand nehmen, eine Karriere starten und Perspektiven für die Zukunft haben.

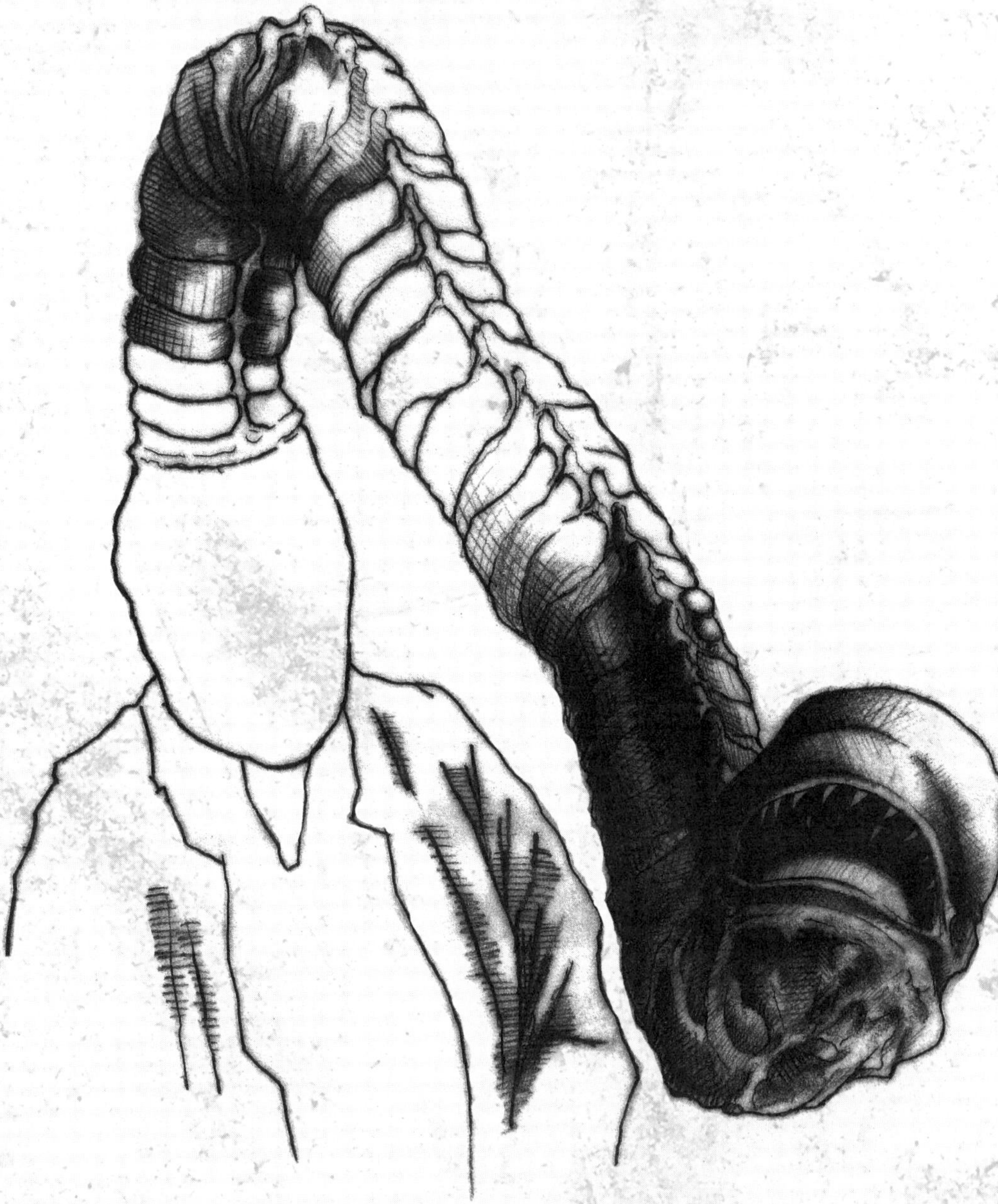

Genau das habe ich gemacht, denn Buffy Summers ist jetzt Thekenkraft im „Doublemeat Palace", dem einzigen Fastfood-Restaurant, in dem sich Kuh und Hahn treffen. Okay, sie treffen sich im Fleischwolf, aber das sind Haarspaltereien.

Das Wichtigste ist, dass ich einen Job habe ... zwar einen langweiligen, schlecht bezahlten, unerträglich monotonen Job, den Cheeta, der Schimpanse mühelos bewältigen würde, aber immerhin einen Job.

Allerdings entsprachen die ersten Tage nicht so ganz meinen Vorstellungen. Da waren als Erstes die Kollegen, vor allem Phillip und Timothy, deren gemeinschaftlicher IQ gerade mal Zimmertemperatur erreicht. Sie wiesen mich in die Geheimnisse der Fastfood-Kunst ein, beziehungsweise sagten mir, dass ich nie fragen dürfe, was das Geheimnis von „Doublemeat Palace" ist. Wieso schmecken die Burger den Gästen hier besser als in jedem anderen Burgerladen? Die Frage stand im Raum, aber eine Antwort gab es nicht.

Den Gästen schmeckten die Burger aber wirklich. Der Laden war voll, und mir fiel vor allem eine alte Frau mit schlecht sitzender Perücke auf, die den ganzen Tag allein an ihrem Tisch saß. Wie traurig, dass jemand aus lauter

Einsamkeit an einen Ort kommt, an dem noch nicht einmal die Angestellten sein wollen – das dachte ich da zumindest noch.

Auffällig waren auch die vielen Spinde, die leer standen und die Lochkarten, die stapelweise in einer Kiste lagen. Timothy erklärte, sie hätten eine hohe Fluktuation, so wie in vielen anderen Billigjobs.

Ein Opfer dieser Fluktuation war Gary, der einzige Kollege, mit dem ich mich verstand. Er tauchte schon an meinem zweiten Tag nicht mehr auf, was aber niemanden zu überraschen schien. Ich fand das schon etwas seltsam, vor allem, weil er seinen Spind nicht ausgeräumt hatte. Und da war er nicht der Einzige: Auch andere Spinde, die angeblich Ex-Kollegen gehört hatten, waren voll.

Als ich dann auch noch einen abgetrennten Finger im Fleischwolf fand, war mir klar, dass hier eine „Soylent Green"-Show lief: Die geheime Zutat des Doublemeat-Burgers war Menschenfleisch.

Die nächste Aktion könnte man rückblickend vielleicht als ein wenig hysterisch bezeichnen. Ich lief aus der Küche und begann, den Gästen die Burger aus der Hand zu reißen und sie zu warnen, dass sie in Wirklichkeit

Menschenfleisch essen. Man muss wohl nicht unbedingt erwähnen, dass mir keiner glaubte, meine Aktion aber dafür sorgte, dass ich sofort gefeuert wurde.

Super, meine Karriere in der Gastronomie war nach ganzen zwei Tagen zu Ende.

Aber damit sollte der Doublemeat Palace nicht durchkommen. Nachts schlich ich mich zurück, um endgültig zu beweisen, dass dort Menschenfleisch verarbeitet wurde. Den Beweis fand ich recht schnell in Form eines abgetrennten Fußes. Kein schlechter Anfang.

Plötzlich stand jedoch die Perückenfrau vor mir, nur dass sie die Perücke abgelegt hatte und stattdessen eine Schlange auf, oder besser gesagt, <u>in</u> ihrem Kopf trug. Die schob sich aus ihrem Schädel und bespritzte mich mit einem Gift, das mich sofort lähmte. Die Schlangenfrau erklärte in aller Ruhe, sie würde jeden Tag im Doublemeat Palace sitzen und auf ein geeignetes Opfer warten. Da die Fluktuation beim Personal so hoch ist, vermisst niemand einen verschwundenen Angestellten. Sie waren, um Spike zu zitieren, „Happy Meals auf Beinen".

Zu einem solchen Happy Meal wollte mich die Schlangenfrau ebenfalls machen. Wie ihre anderen Opfer auch hatte sie mich durch ihr Gift gelähmt. Ich war bei vollem Bewusstsein, konnte mich aber kaum wehren – selbst für meine Verhältnisse war das eine aussichtslose Lage.

Zum Glück tauchte Willow gerade noch rechtzeitig auf. Die Schlangenfrau versuchte, auch sie zu lähmen, aber Willow packte sie und warf sie in den Fleischwolf.

Schlangenfleisch soll ja sehr gesund sein.

Schließlich stellte sich auch noch heraus, dass in den berühmten Doublemeat Burgern überhaupt kein Fleisch ist. Das hatte Willow bei ihren Nachforschungen entdeckt. Die Managerin des Palace bat mich, ihr Geheimnis nicht zu verraten, denn Fastfood-Fans hassen nichts mehr als Gemüse. Im Gegenzug sollte ich meinen alten Job zurückbekommen. Ich dachte einen Moment darüber nach, dann stimmte ich zu.

Verantwortung, Karriere, Geld. Der erste Schritt ist getan.

D'Hoffryn

AUSSEHEN:	groß, hager, leicht violette Haut mit weißem Ziegenbart, hat spitze Ohren und mehrere Hörner, sein Kopf ist kahl
STÄRKEN:	geistige und körperliche Kräfte, Intelligenz
SCHWÄCHEN:	empfindlich gegenüber Stichwaffen, nachtragend
BESONDERHEITEN:	kann Menschen in Dämonen verwandeln

Willow Rosenberg, 23.10.2002

D'Hoffryn ist ein Rachedämon, na ja, eigentlich kein Rachedämon, sondern der Oberste aller Rachedämonen, so eine Art Pate der Rachedämonen. Dabei ist er eigentlich ganz nett, nicht „Hey, lass uns einen Kaffee trinken!"-nett, sondern mehr, „Ugh, ich könnte dir den Kopf abreißen, aber ich bin grad nicht in Stimmung!"-nett. Also für einen Dämon okay.

Xander wird immer ganz komisch, wenn ich sage, dass D'Hoffryn eigentlich in Ordnung ist, dabei ist er doch derjenige mit dem Ding für Rachedämonen ... nicht, dass ich

D'Hoffryn attraktiv finde. Nein, äh, zu viele Hörner und zu männlich-dämonisch, aber das tut vielleicht hier nichts zur Sache.

Ich soll etwas über D'Hoffryn schreiben, also fange ich wohl besser mal an.

Er tauchte das erste Mal auf, nachdem Anyanka (oder Anya, Xanders Ex ... gehört das hierher?) ihre Kräfte verloren hatte. Es stellte sich heraus, dass er sie vor über 1000 Jahren in Schweden entdeckt hatte, so wie Colonel Tom Parker Elvis entdeckte, nur ohne Gitarre.

Sie war als Rachedämon ein so großes Talent, dass D'Hoffryn sie auf ihren eigenen Wunsch in einen Dämon verwandelte und in sein Team aufnahm. Nur, dass er seine Rachedämonen eher wie eine Familie sieht. Er kümmert sich um sie, ist so eine Art Übervater, aber wenn eines seiner „Kinder" sich gegen ihn stellt, finden sie raus, weshalb er der Chef der Rachedämonen ist. Mein Großvater war genauso, bis Mum ihn ins Heim bringen lassen musste, weil er immer mit dem Luftgewehr auf den Schulbus geschossen hat.

Anya musste das auch schon erfahren, wie das ist, wenn D'Hoffryn wütend ist. Das war allerdings später. Im Moment geht es ja immer noch um D'Hoffryns erstes

Auftauchen. Wir haben da nichts von mitbekommen, nur dass Anya aus Versehen das Tor zu einer anderen Dimension öffnete, in der die Vampire Sunnydale überrannt hatten und so ziemlich alle tot waren. Oder untot. Ich war ziemlich untot, böse und irgendwie nicht hetero.

Schon seltsam, rückblickend betrachtet. Wie ein Déjà-vu.

Das nächste Mal war es eigentlich meine Schuld, dass D'Hoffryn auftauchte. Ich hatte diesen Zauber ausprobiert, okay, der dann nicht ganz so funktionierte, wie ich mir das vorgestellt hatte. Also erst mal wurde Giles blind, das machte einen schon ziemlich panisch, dann verliebten sich Buffy und Spike ineinander. Wo wir gerade bei Déjà-vus sind ...

Aber damals waren die eher wie Batman und der Joker, nicht wie Spider-Man und Mary Jane. Das war also schon ziemlich seltsam.

D'Hoffryn bekam das alles in seiner Höllendimension Arashmaha mit, von wo aus er seine Rachedämonen und alles Magische auf der Erde beobachtet. Er muss ziemliche Langeweile haben, wenn er Zeit dazu findet. Oder sein Zeitmanagement funktioniert besser als meins.

In jedem Fall tauchte er auf einmal auf und bot mir einen Job an. Ich war ein bisschen geschmeichelt, na gut, ziemlich geschmeichelt, weil das der erste Job seit ... hm, seit dem Abend, als Giles mir zehn Dollar gab, weil ich Oz' Werwolfkäfig gesaugt hatte. Er meinte, ich könne das gerne nach jedem Vollmond machen, als eine Art Werwolf-Reinigungskommando. Werwolfhaare sind ziemlich lästig.

Aber das war eigentlich kein richtiger Job. Rachedämon war ein Job, nur einer für den man dummerweise Dämon sein musste, daher auch der Name Rachedämon. Außerdem waren die Aufstiegsmöglichkeiten sehr begrenzt.

Ich lehnte also ab, was D'Hoffryn sogar respektierte, obwohl er mich bestimmt auch gegen meinen Willen zum Dämon hätte machen können.

Danach hörte ich eine ganze Weile nichts von ihm. Er tauchte erst wieder auf, nachdem Anya durch Xanders geplatztes Heiratsversprechen wieder zum Dämon geworden war. Xander kann ein solcher Idiot sein ... ich hoffe, er liest das hier nicht.

Zurück zu Anya. Sie brachte eine halbe Studentenverbindung um, nur weil ein Mädchen einen unvorsichtigen Wunsch ausgesprochen hatte. Aber Anya erkannte, dass sie kein Dämon sein wollte, sondern lieber ein Mensch.

Also bat sie D'Hoffryn, ihre Tat rückgängig zu machen.

Er tat das sogar, forderte im Gegenzug allerdings ein Leben. Wir dachten alle: „Das war's, Anya", so eine poetische Gerechtigkeit wie in den alten „He Man"-Folgen, aber stattdessen stand auf einmal Anyas Rachedämon-Freundin Halfrek neben uns ... allerdings nicht lange, dann war sie auch schon tot.

D'Hoffryn sagte, Schmerz sei immer schon eine schlimmere Strafe als der Tod gewesen. Hat er Recht, ich kann das verstehen, so nach Tara und der Sache mit Warren und dem Häuten und ... okay, Themawechsel ... in jedem Fall zeigte er uns, was man als Rachedämon können muss. Dann verschwand er wieder in seiner Dimension.

Ich bin froh, dass er nicht mein Boss ist.

TEIL 3

HANDBUCH – ANGELS FEINDE & VERBÜNDETE

Mit der Zerstörung des Höllenschlunds (und der gleichzeitigen Zerstörung der Stadt Sunnydale) verschwand ein Zentrum übernatürlicher Macht. Ein anderes gewann jedoch immer stärkere Bedeutung: Los Angeles, die Stadt der Engel und Basis von „Angel Investigations". Ihre Erfahrungen sollen auf den folgenden Seiten geschildert werden, erneut kaum kommentiert und unbearbeitet.

Die Scourge

AUSSEHEN:	einrassige Dämonen, die Nazi-Uniformen tragen und deren Gesichter aus roten, violetten und schwarzen Flecken bestehen, die wie eine Maske angeordnet sind und merkwürdig zerfressen wirken; sie haben dunkle Augen
STÄRKEN:	treten in großen Gruppen auf, benutzen komplexe Waffen und Werkzeuge, mittlere Körperkräfte
SCHWÄCHEN:	Fanatismus, Rassismus
BESONDERHEITEN:	glauben, dass alle Dämonen gemischter Herkunft vernichtet werden müssen

Cordelia Chase, 1.12.1999

Ich weiß gar nicht, wo ich anfangen soll. Gestern ist etwas so Schreckliches passiert, etwas so Schockierendes, dass selbst ich es nicht fertig bringe, mich selbst in den Mittelpunkt zu stellen. Okay, zumindest nicht die ganze Zeit. Natürlich hängt es mit mir zusammen, weil es ja schließlich mich betrifft, weil Doyle ja auch mein Freund ~~ist~~ war.

Aber eins nach dem anderen. Der Anfang liegt immer vor dem Ende, außer in diesen komischen japanischen Filmen, die keiner versteht.

Also, alles begann mit einer von Doyles Visionen. Er und ich hatten versucht, einen Werbespot für „Angel Investigations" aufzunehmen. Um ehrlich zu sein, laufen uns die Kunden nicht gerade die Tür ein – eigentlich laufen sie ziemlich zielstrebig daran vorbei – und ich dachte, ein wenig Werbung kann uns nicht schaden.

Ich hatte diese tolle Idee mit dem dunklen Rächer, die Angel leider gar nicht toll fand. Doyle war auch nicht gerade begeistert, aber zumindest kooperativ. Bevor ich ihm wenigstens die Grundlagen der Schauspielkunst vermitteln konnte, kam es wieder mal zu einer dieser Visionen. Doyle sah ein Dämonenmädchen, das von irgendwelchen anderen Dämonen in Nazi-Uniformen verfolgt wurde. Nazi-Uniformen ... das ist selbst für Dämonen ziemlich geschmacklos, und ich weiß wirklich, wovon ich rede. Schwarze Kutten, braune Kutten, graue Kutten, ab und zu mal ein bisschen Leder oder Metall – was anderes verstehen Dämonen nicht von Mode. Furchtbar!

Aber zurück zum Thema: Das verfolgte

Dämonenmädchen wurde von einem Jungen gerettet und vor den Nazi-Dämonen versteckt. Okay, das ist jetzt der Punkt, wo man fragen sollte: Wen interessiert's? Sollen die Dämonen sich doch gegenseitig umbringen. Ein Problem weniger für uns.

Falsch.

Angel und Doyle erklärten mir, dass nicht alle Dämonen böse seien. War mir neu. Ich dachte immer, das sei eine Grundvoraussetzung. Und wo wir gerade bei Überraschungen sind, gestand Doyle kurz darauf, er sei ein halber Dämon, entstanden aus der Vereinigung zwischen einem Menschen und einem Dämon.

Da glaubt man, jemanden zu kennen und dann so was. Er fragte, ob ihn das für mich abstoßender machen würde, aber da ich ihn ohnehin nie für anziehend hielt (viel zu klein und kein Geld) konnte ich das guten Gewissens verneinen.

Rückblickend wünschte ich nur, ich wäre netter zu Doyle gewesen.

Dank der Vision fanden wir die verfolgten Dämonen. Sie hatten sich in einer alten Lagerhalle versteckt und berichteten uns von den Scourge, den Nazi-Dämonen, die sie verfolgt hatten. Anscheinend hatten die sich vorgenommen, alle auszulöschen, die nicht reinen Blutes waren, oder irgend so ein Blödsinn.

Mit Angels Hilfe konnten sich die (Halb-)Dämonen auf ein Schiff retten. Doch damit waren sie noch längst nicht in Sicherheit. Angel gelang es, sich in die Scourge einzuschleichen. Er beobachtete, wie der erste Maat des Schiffs, ein Mensch, den Aufenthaltsort der Dämonen verriet.

Sein Verrat brachte dem Maat nichts, denn die Scourge hatte eine Maschine konstruiert, mit der man im Umkreis von rund 400 Metern jedes Wesen vernichten konnte, in dessen Körper sich menschliches Blut befand. Der Maat wurde zum ersten Opfer. Vor Angels Augen löste er sich auf.

Krass, aber gerecht.

Die Scourge machte sich auf dem Weg zum Schiff, während Angel ein Motorrad stahl, um schneller dort anzukommen. Er schaffte es aber nur knapp und befahl allen, sich unter Deck zu verstecken.

Während Angel begann, gegen die Scourge zu kämpfen, brachten die ihre Waffe an Bord – natürlich genau in den Laderaum, in den Doyle und ich geflohen waren. Angel landete mit dem Anführer der Scourge kurze Zeit später ebenfalls dort. Er konnte den Dämon zwar töten, aber die Türen wurden im gleichen Moment geschlossen.

Wir waren allein mit der tödlichen Waffe. Schlimmer noch, wir wussten, dass einer von uns sich opfern musste, damit die anderen überleben konnten. Natürlich war es Angel, der als Erster vortrat, aber Doyle schlug ihn plötzlich nieder. Dann trat er auf mich zu und küsste mich. Es fühlte sich seltsam an, so als spränge ein Funke über.

Bevor ich etwas sagen konnte, hing Doyle bereits an der Waffe, die im Laderaum schwebte. Angel wollte ihn zurückhalten, aber Doyle zog an den Kabeln. Ich sah einen grellen Blitz, als die Waffe explodierte. Ich musste die Augen schließen, so hell war er. Als ich sie wieder öffnete, war Doyle verschwunden. Das Licht der Waffe hatte ihn getötet.

Ich hätte nicht gedacht, dass so viel Mut in ihm steckte, und ich glaube, dass er es bis zuletzt selbst nicht ahnte.

Ich werde ihn vermissen.

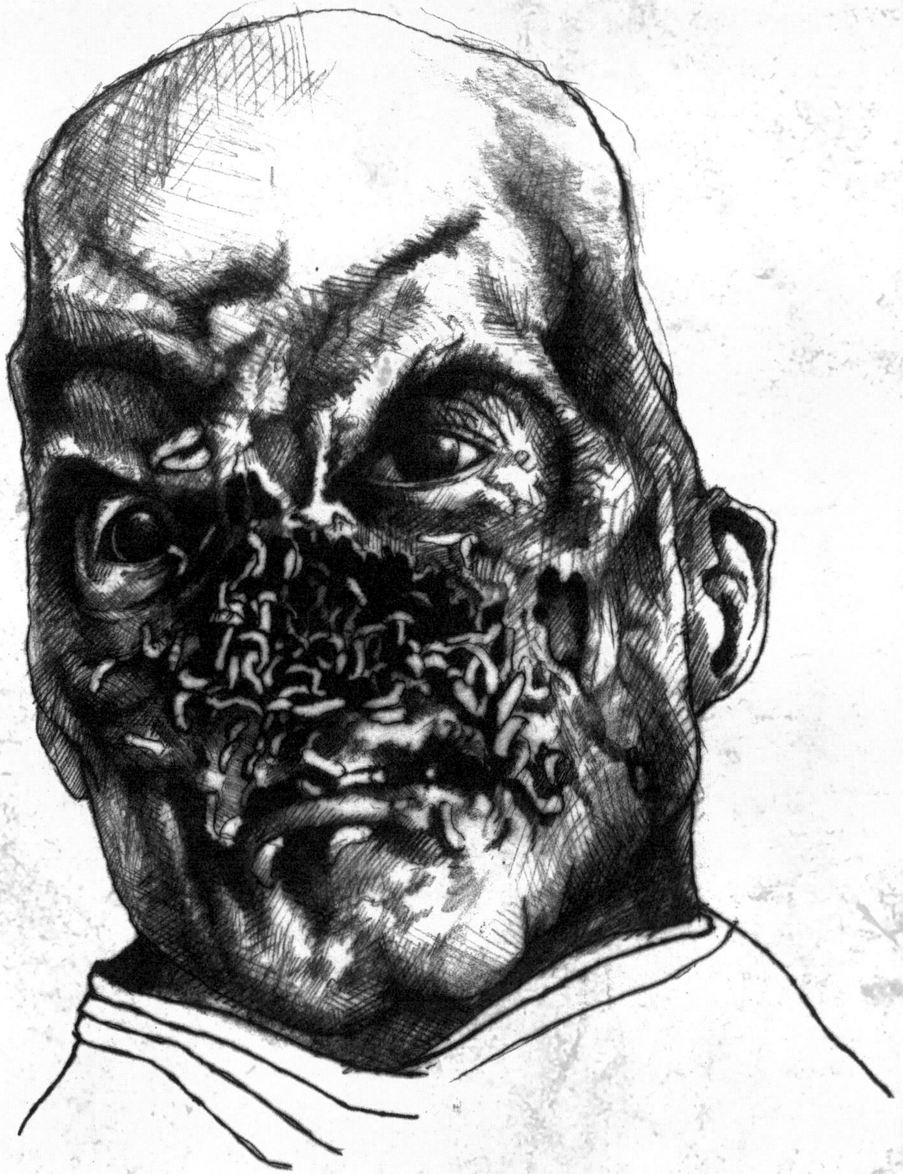

Voca

AUSSEHEN:	groß, menschlich, hat rot leuchtende Augen; Voca trägt eine dunkle Kutte mit Kapuze, die er tief in die Stirn zieht; sein Gesicht wird von einer Bronzemaske verdeckt, da es von Maden zerfressen ist; er trägt zwei magische Sensen
STÄRKEN:	große Kampfkraft; eine Berührung seiner Hände überträgt eine Tätowierung auf sein Opfer, die großen Schaden anrichtet; ist geschult in schwarzer Magie
SCHWÄCHEN:	Die Wirkung seiner Berührung kann durch die Worte von Anatol, die sich in der Schriftrolle von Obearsian befinden, rückgängig gemacht werden.
BEMERKUNGEN:	wird von anderen Dämonen gefürchtet und von einer Mönchssekte verehrt

Angel, 24.03.2000

Tagebücher sind nicht wirklich mein Ding, deshalb werde ich mich mit persönlichen Kommentaren zurückhalten und nur die Fakten schildern.

Wolfram & Hart beschworen den Dämon Voca. Voca

brachte die Orakel um. Wir brachten Voca um. Außerdem gab es eine Prophezeiung. Niemand weiß genau, was darin steht.

Angel, 25.03.2000

Cordelia und Wesley sind der Meinung, dass der Eintrag länger sein sollte. Ich finde, das Wesentliche ist gesagt, aber bevor Cordy wieder behauptet, ich sei nicht kritikfähig, gebe ich lieber nach.

Voca. So lautete der Name des Dämons, der von einigen Mönchen beschworen wurde und im Auftrag von Wolfram & Hart einen anderen Dämon (oder etwas Ähnliches, wir wissen es noch nicht) in die Welt bringen sollte. Dazu fehlte ihm jedoch die Schriftrollen von Obearsian, die gleichen Schriftrollen, die auch das Schicksal eines beseelten Vampirs beschrieben und die auf Wesleys Schreibtisch zur Übersetzung lagen.

Wir ahnten nicht, dass der Dämon beschlossen hatte, die Schriftrollen an sich zu bringen. Noch weniger ahnte ich, dass er mich dabei von meinen wichtigsten Verbündeten trennen würde. Als Erstes drang er bis zu den Orakeln vor und brachte sie mit seinen magischen Sensen um. Dann lauerte er Cordy auf einem Flohmarkt auf. Er strich nur einmal über ihre Hand, dann brach sie auch schon schreiend und von nicht enden wollenden Visionen geplagt zusammen.

Ich fuhr direkt zum Krankenhaus, als ich davon erfuhr. Die Ärzte dort behaupteten, Cordy habe einen psychotischen Anfall, aber mir war klar, dass es um etwas Anderes ging. Ich bemerkte ein seltsames Zeichen an ihrer Hand, das wie eine Tätowierung aussah. Weil ich im Krankenhaus nichts tun konnte, fuhr ich zurück zum Büro – doch davon standen nur noch Trümmer. Der Dämon hatte während meiner Abwesenheit die Schriftrollen gestohlen und durch eine magische Bombe ersetzt. Wesley, der im Gebäude war, hatte zum Glück überlebt, war jedoch bewusstlos.

Ich war allein. Meine letzte Hoffnung waren die Orakel, aber als ich dort eintraf, wartete bereits die nächste böse Überraschung: Der Dämon hatte sie getötet. Nur ihr Geist befand sich noch im Raum und warnte mich vor dem Krieger aus der Unterwelt, der mich durch meine Freunde schwächen wollte. Nur die Worte von Anatol konnten Cordy retten, das sagte der Geist deutlich.

Damit stand mein Plan fest. Na ja, es war kein Plan im eigentlichen Sinn, mehr die grobe Idee, den Dämon zu

Brei zu schlagen und ihm die Schriftrollen abzunehmen. Nicht sehr ausgeklügelt, das gebe ich zu.

Da ich wusste, dass Wolfram & Hart hinter dem ganzen Problem standen, versteckte ich mich vor der Kanzlei und wartete, bis das unselige Trio (Holland, Lilah und Lindsey) das Gebäude verließ. Ich folgte ihnen bis zu einem großen Mausoleum. Dort schlich ich mich an Voca und einige Vampire an, die er angekettet hatte. Voca las eine Beschwörung aus der Schriftrolle vor, unterbrach sich aber, als er mich entdeckte.

Ich griff ihn sofort an. Jemandem wie Voca darf man keinen Vorteil gewähren. Wir kämpften, und es gelang mir, ihm die Maske vom Gesicht zu reißen. Darunter wimmelten Maden im rohen Fleisch – kein besonders appetitlicher Anblick. Ich nutzte seine Verwirrung und erledigte ihn mit einer seiner eigenen magischen Sensen.

Lilah und Holland waren klug genug, um den Rückzug anzutreten, während Lindsey zurückblieb. Er hatte mittlerweile die Schriftrolle an sich genommen, aber die Sense trennte ihn davon – und von seiner Hand.

Die Worte von Anatol retteten Cordy tatsächlich. Auch Wesleys Übersetzung der Prophezeiung machte Fortschritte.

Mittlerweile glaubt er, dass ich eines Tages menschlich werden könnte.

Das wäre nett.

P.S.: Wir fanden übrigens nicht heraus, wen oder was Voca mit der Schriftrolle beschwören wollte. Anscheinend hatte ich das Ritual rechtzeitig unterbrochen.[1]

[1] *Anmerkung des Wächterrats: Hatte er nicht. Es war Darla, die Voca beschwor und Wolfram & Hart zuspielte.*

Skilosh-Dämon

AUSSEHEN:	skelettartige Dämonen mit weißen Köpfen; durch ihre Gesichter laufen zwei schmale rote Streifen, an ihrem Hinterkopf befindet sich ein drittes Auge; sie kleiden sich in dunkle Kutten und pelzbesetzte Westen
STÄRKEN:	aggressiv, kampflustig, gewalttätig
SCHWÄCHEN:	mit normalen Waffen zu besiegen
BESONDERHEITEN:	vermehren sich asexuell, in dem sie ihre Larven in Fremdwirte setzen, dort schlüpft schließlich ein vollständig ausgewachsener Skilosh-Dämon

Charles Gunn, 28.02.2001

Skilosh-Dämonen sind wie Kakerlaken nicht unbedingt meine Lieblingsspezies. Wir sind ihnen begegnet, als wir einem Mädchen halfen, dem ein drittes Auge im Hinterkopf gewachsen war. Das fanden wir eigentlich ganz witzig, ließ sich ja auch durch einen einfachen Zauber beseitigen.

Doch dann wollte die Familie nicht zahlen, okay, sind wir ja gewohnt. Erst wollen alle Hilfe, dann kann auf einmal keiner zahlen. Mrs. Sharpe, die Mutter des Mädchens überlegte es sich aber kurze Zeit später anders und bat Cordelia, zu ihrem Haus zu kommen, damit sie ihr den Scheck geben konnte.

Da Cordy den Kontostand von „Angel Investigations" kannte, flog sie förmlich dorthin. Aber als sie ins Haus kam, fand sie die ganze Familie ermordet vor. Shit, muss sie da gedacht haben, eine Falle.

Dann tauchten auch schon diese Skilosh-Dämonen auf und faselten irgendwas davon, dass sie ihre Brut umgelegt hätte. Cordy hatte keine Ahnung, wovon sie redeten. Dann sah sie, dass die Dämonen auch ein drittes Auge im Hinterkopf hatten. Irgendwie gab es da einen Zusammenhang.

Die Dämonen hatten Wesley schon gefunden, nur mich suchten sie noch. Wes, der wegen seiner Verletzung noch im Rollstuhl saß, hatte Glück, dass Angel genau in dem Moment auftauchte, als sie Dämonen die Scheiben seines Appartements einschlugen. Gemeinsam konnten sie die Dreiaugen killen.

Auf Angel waren wir ja alle nicht so gut zu sprechen, weil er diese Selbstmordnummer bei W & H hatte durchziehen wollen und sich auch sonst nicht gerade anständig verhalten hatte. Aber eines muss man ihm lassen: Sein Timing stimmt.

Wes und Angel machten sich auf die Suche nach Cordy, und ich stieß zu ihnen. Cordy war aber schon von den Dämonen mit der Brut infiziert worden und hatte jetzt selbst ein drittes Auge. Während Angel sich noch mitten auf der Straße mit Lindsey herumschlagen musste, versuchten Wes und ich, sie zu befreien. Klappte nicht so richtig. Wir waren jetzt alle drei Gefangene.

Zum Glück tauchte Angel auf, bevor wir auch Dreiaugen werden konnten. Er und ich griffen die Dämonen an, Wes befreite Cordy mit einem Zauber von ihrem dritten Auge.

Die Brut war vernichtet, die Dämonen auch.

Drokken-Dämon

AUSSEHEN:	breit gebaute, kräftige Dämonen mit bläulich-grauer Haut und abstehenden Ohren und Schweineschnauze; tragen nur die nötigste Kleidung
STÄRKEN:	kräftig, extrem gewalttätig, giftig
SCHWÄCHEN:	das Gift Throwmite ist tödlich für ihn
BEMERKUNGEN:	isst Menschen und andere Dämonen; wird sehr unleidlich, wenn er hungrig ist

Lorne, 02.05.2001

Es heißt, man könne sich seine Familie nicht aussuchen, aber ich halte das wirklich für untertrieben: Man kann sich auch nicht die anderen Spezies aussuchen, die in der gleichen Höllendimension wie man selbst leben.

In diesem Fall handelte es sich um einen Drokken-Dämon, der ausgerechnet im Caritas-Club auftauchte, als ich gerade Stevie Wonders wunderschöne Nummer

„Superstition" zum Besten gab. Ein heller Blitz, ein Portal, das geöffnet wurde – und bumm steht dieser Drokken-Dämon vor mir. Und natürlich beginnt er direkt mit dem, was Drokken-Dämonen als Einziges wirklich gut können: Dinge zerstören und Leute umbringen.

Während er sich durch eine von Los Angeles' besseren Partymeilen mordete, machte ich mich auf zum Hyperion, um Angels Hilfe zu erbitten. Dort kannte sich allerdings niemand mit Drokken-Dämonen aus, kein Wunder, schließlich kommen sie nur auf meiner Heimat Pylea vor.

Cordys Vision half uns jedoch. Sie führte uns in eine Leihbücherei, die wirklich sehr schön altmodisch eingerichtet war. Dort fanden wir das Buch, das das Mädchen in Coryds Vision gelesen hatte. Es war in einer unbekannten Sprache geschrieben, doch als Cordy begann, einige Worte daraus vorzulesen, öffnete sich plötzlich ein Portal vor ihr und spie einen weiteren Dämon aus – allerdings nicht irgendeinen Dämon, sondern Landok, meinen Cousin.

Landok bot sich freundlicherweise an, uns bei der Jagd auf den Drokken-Dämon zu helfen. Er verfügt über die Fähigkeit, dem Drokken durch die Aura des Hasses zu folgen, die ihn umgibt. Dabei bemerkte er, dass der Dämon bereits Nahrung in Form eines Menschen gefunden hatte. Noch lebte der Mensch. Wir mussten uns also beeilen.

Landok reagierte sehr heldenhaft, aber auch sehr dumm, als wir den Drokken fanden. Während die anderen noch über einen Plan nachdachten, sprang er aus dem Auto und griff den Dämon an. Die Frau konnte zwar fliehen, der Drokken jedoch auch. Zum Glück konnte Angel ihn töten, allerdings hatte der Drokken vorher noch Landok gebissen. Sein Gift ist für Dämonen wie uns tödlich; ein Gegengift gibt es nur auf Pylea.

Aber da war ja noch das Buch, das wir in der Bibliothek entdeckt hatten. Wir fuhren damit zurück zum Caritas-Club, Landok stellte sich auf die Bühne, sagte einige Worte und verschwand in einem Lichtblitz.

Ich war sehr erleichtert, allerdings nicht lange, denn dann stellte sich heraus, dass auch Cordy verschwunden war.

Verdammte Dimensionsportale! Sie sind immer gut für Überraschungen.

Darla

AUSSEHEN:	hübsche junge Frau Mitte 20 mit blonden Haaren und ausdrucksvollen Augen, die ihr Vampir-Gesicht aufsetzt, wenn sie böse wird
STÄRKEN:	Intrigant, große Körperkraft
SCHWÄCHEN:	wie bei allen Vampiren, Empfindlichkeit gegenüber Feuer, Tageslicht, Weihwasser, Pflöcken sowie Hieb- und Stichwaffen
BEMERKUNGEN:	war vorübergehend menschlich; wurde schwanger, obwohl Vampire sich nicht fortpflanzen können

Wesley Wyndam-Pryce, 20.11.2001

Der Name Darla ist eine Variante eines alten angelsächsischen Wortes und bedeutet so viel wie „geliebtes Kind" – eine makabre Ironie, wenn man den Verlauf von Darlas Leben bedenkt.

Wir wissen nichts über die Anfänge ihres Lebens, nur dass sie zu Beginn des 17. Jahrhunderts als Prostituierte im gerade kolonisierten Virginia (in den heutigen

Vereinigen Staaten) ihren Lebensunterhalt bestritt. Das Leben zu jener Zeit barg große gesundheitliche Gefahren, der auch die junge Darla nicht entging. Sie erkrankte schwer an einem Fieber – möglicherweise ausgelöst durch eine bestehende Syphilis-Erkrankung – und lag im Sterben, als sie zur Vampirin gemacht wurde. Das war im Jahr 1609.

Ihr Sire, also ihr Erschaffer, war niemand anderes als der Meister, ein selbst ernannter Herrscher der Vampire. Er kämpfte um größere Anerkennung und gründete sogar einen eigenen Clan, den Orden des Aurelius.

Darla gewöhnte sich rasch an ihre vampirische Existenz. Sie, die als Prostituierte ein Leben voller Demütigungen geführt hatte, erlebte zum ersten Mal, wie verführerisch die Macht über Leben und Tod sein konnte. Und sie erlag dieser Verführung mit jedem Biss, mit jedem Mord und mit jeder sadistischen Folter ein wenig mehr.

Der Meister genoss ihre Veränderung. Darla wurde zu seinem Protegé, eine Position, die für beide Seiten vorteilhaft war. Aber irgendwann reizte es Darla, einen eigenen, wenn auch wesentlich kleineren Clan zu gründen. Im Gegensatz zum Meister interessierten sie die Intrigen innerhalb der

Vampirclans nicht, sie konzentrierte sich ganz auf die Welt der Menschen – auf die Welt ihrer Beute.

Mitte des 18. Jahrhunderts verließ Darla die Kolonien und reiste per Schiff nach Irland, wo sie sich als Adlige ausgab. Es ist nicht bekannt, wann genau sie in Irland eintraf, aber sie muss ihre mörderischen Triebe gezügelt haben, denn in diesen Jahren gibt es keine Berichte über unerklärliche Massaker oder andere Hinweise auf vampirische Aktivitäten. Das änderte sich jedoch drastisch im Jahr 1753, als sie in Galway auf den jungen und etwas naiven Liam stieß. Sie machte ihn zum Vampir, er nahm den Namen Angelus an, und gemeinsam bildeten sie ein mörderisches Paar, das wie eine biblische Plage Europa geißelte. Sie begehrten einander mit einer Leidenschaft, die man beinahe mit Liebe hätte verwechseln können, aber in Wirklichkeit war es Lust, denn Liebe hätte eine Seele erfordert, die sie beide nicht mehr besaßen.

Darla und Angelus erschufen ihre eigene kleine Familie, zuerst mit den Vampiren Elizabeth und James, dann mit Spike und Drusilla, die Mitte des 19. Jahrhunderts zu ihnen stießen. In dieser Konstellation erreichten sie den Höhepunkt ihres sadistischen Treibens.

Niemand schien sich ihnen entgegenstellen zu können, kein Vampirjäger und keine Auserwählte. Darla war es gelungen, bis an die Spitze der Nahrungskette aufzusteigen. Nur dort fühlte sie sich wohl.

Doch die gemeinsame Zeit mit Angel sollte bald ein Ende finden. 1898 schenkte Darla Angelus ein hübsches Zigeunermädchen, das er selbstverständlich tötete. Die Familie des Mädchens rächte sich jedoch mit einem Fluch, der Angelus seine Seele zurückgab und ihn mit all den Gräueln konfrontierte, der er in 150 Jahren verbrochen hatte.

Als Darla erkannte, was geschehen war, verstieß sie Angelus, der seinen Namen in Angel änderte. Doch er liebte sie jetzt, während er sie früher nur begehrt hatte, und versuchte seine Seele zu unterdrücken, um wieder mit ihr zusammenzukommen.

Darla hoffte, dass es ihm gelingen würde. Sie sehnte sich nach den alten Zeiten und blickte neidisch auf Spike und Drusilla, die all das verkörperten, was sie und Angel verloren hatten. 1900, während des Boxeraufstands in China, kam es schließlich zum endgültigen Bruch zwischen ihnen. Darla versuchte Angel dazu zu bringen, ein Baby zu töten, doch er konnte das nicht und verließ sie.

Fast ein Jahrhundert lang gingen sie getrennte Wege, dann tauchte Darla in Sunnydale auf. Sie hatte sich mittlerweile von Spike und Drusilla getrennt und wollte wohl zu ihren Wurzeln zurückkehren, denn sie versuchte, den Meister aus dem Höllenschlund zu befreien. Ihr Plan misslang, und sie wurde nach einigen Intrigen von Angel getötet.

Das hätte eigentlich Darlas Ende sein müssen, aber in der Welt des Übernatürlichen ist selbst der Tod nicht endgültig. Dank der Schriftrollen von Aberjian gelang es unserem Erzfeind, der Anwaltsfirma Wolfram & Hart, Darla in einem menschlichen Körper wieder zu beleben. Sie wurde zu einer Antithese Angels – eine Vampirin gefangen im Körper eines Menschen. Verstört durch die Erinnerungen an ihr früheres Leben und an das schlechte Gewissen, das sie plötzlich spürte, suchte sie Hilfe bei Angel.

Er nahm sie bei sich auf, versuchte sie von der Syphilis zu heilen, die ihren Körper von innen zerfraß und von den Schuldgefühlen, die ihre Seele zerstörten. Darla nahm seine Hilfe dankbar an, aber sie besaß nicht Angels Stärke. Als Drusilla überraschend auftauchte und anbot, Darla erneut zur Vampirin zu machen, nahm sie an, um dem Schmerz und der Krankheit zu entfliehen.

Darla tauchte noch einmal ein in die Dunkelheit. Eine Weile lang ging Angel sogar eine Allianz mit ihr und Drusilla ein (etwas, was ich bis heute für einen großen Fehler halte), doch nachdem die beiden eine ganze Reihe Menschen – zwar Anwälte von Wolfram & Hart, aber prinzipiell immer noch Menschen – umgebracht hatten, terminierte er ihre Allianz auf äußerst endgültige Weise. Er zündete Darla und Drusilla an.

Dieser kleine Rückschlag hielt Darla jedoch nicht davon ab, Angel weiterhin zu verfolgen, anzugreifen und zu quälen. Sie muss gespürt haben, wie ihn das veränderte, wie er Tag für Tag mehr Kraft verlor, bis er schließlich so verzweifelt war, dass er die einzige Lösung darin sah, seine eigene Seele zu verlieren.

Also schlief Angel mit Darla. Doch er hatte die Prophezeiung missverstanden. Es ging nicht um den Sex mit Darla, sondern um einen Moment des reinen Glücks, so wie er ihn damals mit Buffy erlebte. Als Angel erkannte, dass er sich nicht von seinem Schmerz befreien konnte, trennte er sich von Darla und erklärte, er würde sie töten, wenn er sie noch einmal in dieser Stadt sähe.

Gut, in einer Stadt mit mehr als zehn Millionen Einwohnern ist das vielleicht keine sehr realistische Drohung, aber Darla ging trotzdem darauf ein und verschwand – allerdings nicht für lange, denn die gemeinsame Nacht war nicht ohne Folgen geblieben.

Als ich Darla das nächste Mal sah, war sie hochschwanger, eine Unmöglichkeit, denn das tote Gewebe eines Vampirkörpers kann kein Leben hervorbringen. Ich rief sogar den Wächterrat an, um ihnen davon zu berichten. Sie glaubten mir selbstverständlich nicht.

Bei unseren Nachforschungen stießen wir auf die Nyazian-Schriftrollen. In ihnen wurde prophezeit, dass eine Vampirin ein Baby gebären würde, ein menschliches Baby mit einer Seele.

Diese Erkenntnis veränderte Darla vollkommen. Vielleicht war auch durch den Aufenthalt in einem menschlichen Körper bereits die Grundlage für ihr selbstloses Tun gelegt worden; in jedem Fall beschloss sie, sich selbst das Leben zu nehmen, als sie erkannte, dass das Baby in ihrem Inneren sterben würde, wenn sie es nicht befreite. Sie rammte sich selbst einen Pflock ins Herz. Zurück blieb nur ein wenig Staub – und ein neugeborenes Baby.

Ich bin mir nicht sicher, ob diese Entscheidung Jahrhunderte des Mordens wieder gutmachen kann, doch zumindest einmal in ihrer langen Existenz hat sie das Richtige getan.

Über die Zukunft des Jungen werden neben Angel auch höhere Mächte entscheiden. In diesem Zusammenhang bin ich auf eine verstörende Prophezeiung gestoßen, der ich mich näher widmen muss.

Ich hoffe, ich habe ihren Inhalt falsch gedeutet. Wenn nicht, ist der Junge in größter Gefahr.

Schneckenparasiten

AUSSEHEN:	durchsichtige, handgroße Parasiten, die wie eine Mischung aus Schnecke und Qualle wirken
STÄRKEN:	können menschliche Körper übernehmen, trocknen den Wirt innerlich aus
SCHWÄCHEN:	vertragen keinen Alkohol
BEMERKUNGEN:	leuchten im Dunkeln violett, stammen aus einer Höllendimension

Lorne, 30.04.2002

Was für ein unangenehmer Fall, und zwar in jeder Beziehung. Ich möchte jetzt weder über Connor, noch über Wesley oder Angel reden, zumindest soweit das möglich ist. An anderer Stelle wird sicherlich genug über diese schwierige und an uns allen zehrende Situation geschrieben werden.

Meine Aufgabe beschränkt sich auf die Schneckenparasiten, kleine, hinterhältige Tiere, die ihrem Wirt die Flüssigkeit entziehen. Allein der Gedanke lässt

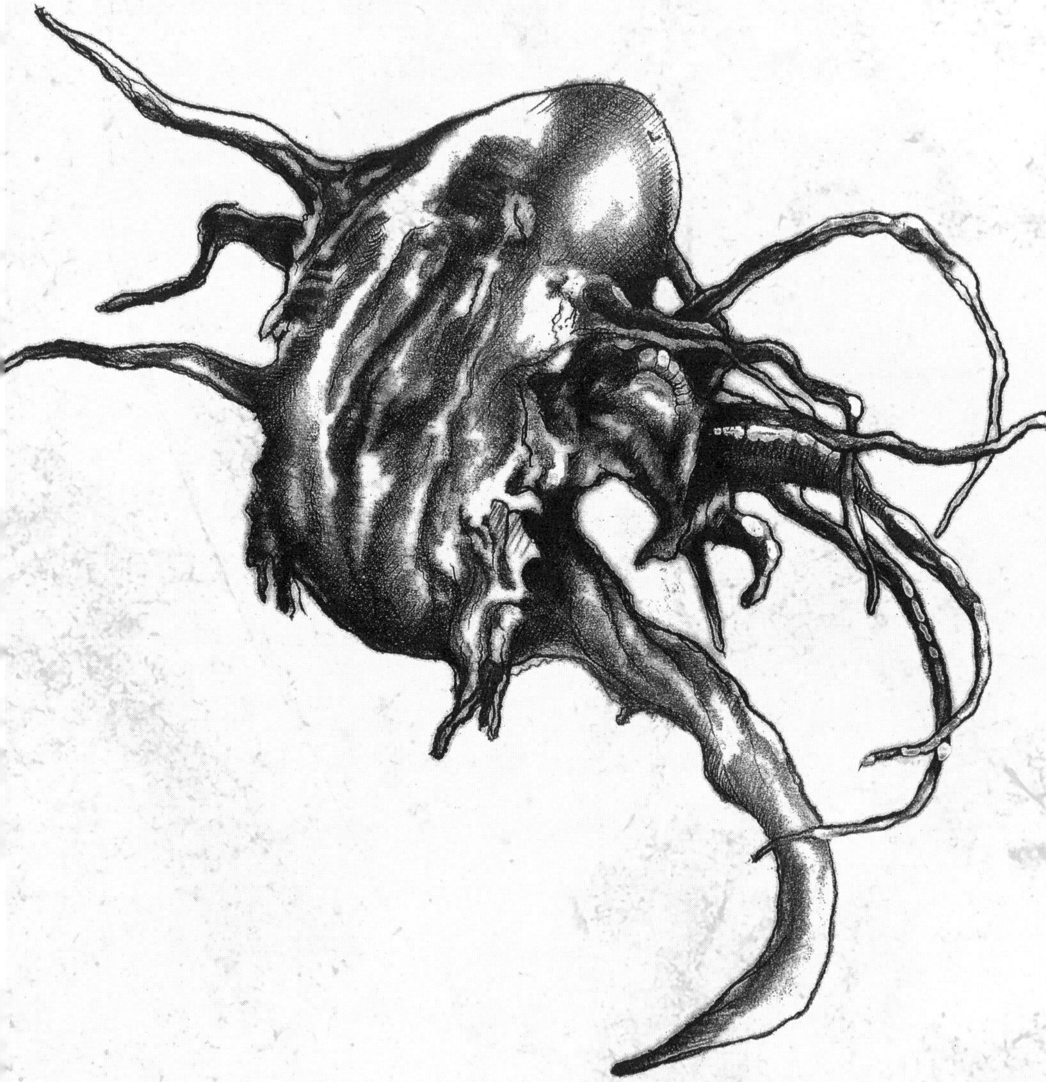

mich nach einer Frozen Strawberry Margerita greifen.

So. Schon besser.

Angel trug die Schuld an unserem Schneckenproblem. Das meine ich jetzt nicht anklagend, schließlich ist er auf der verzweifelten Suche nach seinem Sohn, aber es war schon seine Schuld. Er hatte sich auf irgendeine dunkle Magie eingelassen und ein Pentagramm auf den Boden des Foyers gezeichnet. So was sollte man wirklich abwischen, wenn man fertig ist.

Der Meinung wäre wohl auch der bedauernswerte Mr. Spivey, wenn er sie denn heute noch äußern könnte. Aber leider war er das erste Opfer der Schnecken. Ein Parasit drang durch seinen Mund ein und begann ihn auszutrocknen. Mr. Spivey litt unter extremem Durst und verbrachte die nächsten Stunden in einer Saftbar auf der anderen Straßenseite, wo er vor dem irritierten Barkeeper einen Saft nach dem anderen trank und dabei immer aggressiver und verzweifelter wurde. Dass er von sich dabei immer als „wir" sprach, beruhigte die Gemüter nicht gerade.

Wir bekamen mit, was sich dort anspielte und brachten Mr. Spivey zurück ins Hyperion. Dort schrie er Angel an, behauptete nicht ganz zu Unrecht, alles sei seine Schuld und zersprang in Tausende dehydrierte Stücke. Ein hässlicher Anblick.

Ebenso hässlich war die Schnecke, die aus dem Staub hervorkroch und zwischen den Dielen verschwand. Uns wurde langsam klar, dass wir vor einem Problem standen. Um weitere Mr. Spiveys zu vermeiden, riegelten wir das Hotel ab und begannen mit der Jagd auf die Parasiten. Dabei machten wir den folgenschweren Fehler, Fred an Wesleys altem Platz zurückzulassen. Sie sollte in den Büchern nach Hinweisen auf die Schnecken suchen, eine Aufgabe, die sie zum einen überforderte und zum anderen in Lebensgefahr brachte. Das erkannten wir leider erst, als es zu spät war und Fred bereits den Schnecken zum Opfer gefallen war.

Wir waren natürlich entsetzt und versuchten alles, um Fred zu helfen, während die Schnecke in ihr Angel beschimpfte. Gleichzeitig wurden auch wir immer stärker von den Schnecken bedroht. Wir mussten uns bis in die Küche zurückziehen und stellten dort Gasherde und Backöfen an, um die Parasiten durch die Hitze fernzuhalten.

Angel beschloss, Fred die Wasserflasche wegzunehmen, an der sie sich wie an einem Rettungsanker festhielt. Tatsächlich reagierte die Schnecke in ihr auf diese Folter und erzählte, sie seien durch das Pentagramm vor dem so genannten Zerstörer geflohen, der auf der Suche nach Angel sei.

Gunn hatte inzwischen das Hotel verlassen und war zu dem einzigen Menschen gefahren, von dem er sich Hilfe für Fred erhoffte: Wesley. Der weigerte sich jedoch, bis er hörte, dass Fred infiziert worden war. Dann reichte er Gunn eine Flasche Wodka und sagte ihm, er wolle ihn nie wieder sehen.

Ich weiß wirklich nicht, ob die Dinge zwischen Wesley und den anderen (und uns, sollte ich vielleicht besser sagen) jemals wieder geklärt werden können. Ich hoffe es, aber wahrscheinlich ist es nicht.

Gunn brachte den Wodka zurück ins Hotel und flößte ihn Fred ein. Es funktionierte: Die Schnecke vertrug den Alkohol nicht; Fred würgte sie aus.

Angel änderte seine Taktik währenddessen. Er stellte die Öfen und Herde ab und öffnete stattdessen jeden Wasserhahn, um die Schnecken in die Küche zu locken. Groosalugg trug Fred nach draußen, Cordy und Angel blieben zurück, um gegen die Parasiten zu kämpfen.

Doch sie standen auf verlorenem Posten. Die Schnecken waren zu zahlreich. Plötzlich begann Cordy zu leuchten.

Eine Aura ging von ihrem Körper aus und hüllte das gesamte Hotel ein. Die Schnecken starben wie die ... nun ja ... wie die Fliegen.

Cordy erkannte, dass diese Fähigkeit wohl ein Aspekt ihres halbdämonischen Erbes war, doch bevor wir ihr zu dieser gelungenen und praktischen Entwicklung gratulieren konnten, wurde das Pentagramm wieder aktiviert. Aber es spuckte nicht etwa weitere Schnecken aus, sondern einen Jugendlichen, der eine Waffe auf Angel richtete und „Hallo, Dad", sagte.

Überraschung!

Jasmine, das Biest & Skip

Jasmine

AUSSEHEN:	hübsche dunkelhäutige Frau mit langen und gelockten schwarzen Haaren und dunkelbraunen Augen, ausdrucksstarkes Gesicht
STÄRKEN:	ungeheure Manipulationskraft, magische Fähigkeiten
SCHWÄCHEN:	ihr eigenes Blut und ihr wahrer Name können sie besiegen; braucht Menschenopfer, um sich zu stärken
BEMERKUNGEN:	Herrin des Biests, eine der Höheren Mächte

Das Biest

AUSSEHEN:	rund 2,50 Meter groß, mit Hufen anstelle von Füßen und geschwungen Hörnern, die aus seiner Stirn ragen; seine Augen leuchten rot, seine Hände sind Pranken; sein Körper scheint aus Lava zu bestehen, die von einer steinernen Haut bedeckt wird
STÄRKEN:	nahezu unzerstörbar, enorm kräftig, beherrscht Feuer, zerstörungswütig
SCHWÄCHEN:	dumm, kann durch eine Waffe aus seinem eigenen Knochen getötet werden
BEMERKUNGEN:	bereitet Jasmines Ankunft vor

Lorne, 08.05.2003

Man könnte sagen, dass einige sehr interessante Wochen hinter und liegen. Alles begann mit Cordys Visionen, in denen sie einen furchtbaren Dämon sah, der sich aus der Erde ans Tageslicht wühlte.

Leider war das nicht metaphorisch gesprochen, denn der Dämon – den wir nur als das Biest bezeichneten – tauchte tatsächlich mitten in Los Angeles auf. Man muss ihm lassen, dass er schon wusste, wie man einen Auftritt inszeniert: eine Feuersäule, die in den Himmel stieg, Feuer und Asche, die zu Boden regneten ... es war wie eine Mischung aus Rammstein und Freddie Mercury. Wirklich sehr beeindruckend.

Aber nicht nur sein Auftritt war eindrucksvoll. Bereits bei unserer ersten Begegnung bewies das Biest, dass weder Schwert, noch Faust, noch doppelläufige Schrotflinten irgendetwas gegen ihn ausrichten konnten. Auch wenn es keiner zugeben wollte: Das Biest war uns weit überlegen.

Während es seinen zerstörerischen Feldzug gegen L. A. antrat (und dabei dankenswerterweise auch einige architektonische Sünden der 70er beseitigte) und sogar das Licht der

Sonne verdunkelte, suchten wir nach Möglichkeiten, es zu besiegen. Cordys Visionen wiesen daraufhin, dass die Antwort bei uns läge, und wir alle glaubten, es hinge mit Connor zusammen.

Doch wir irrten uns. Es ging um Angel, beziehungsweise Angelus, der vor langer Zeit einen Pakt mit dem Dämon geschlossen hatte.

Wesley schlug vor, Angelus zu erwecken, ein Vorschlag, der meiner Ansicht nach vorschnell erfolgte und Wesleys verstörenden Hang zur Selbstzerstörung demonstrierte. Die anderen gingen jedoch darauf ein, und so beschloss man, den Teufel mit dem Beelzebub auszutreiben.

Natürlich funktionierte es nicht. Wir mussten sogar zuerst Faith und dann Willow rekrutieren, bevor beide Gefahren gebannt werden konnten. Angelus besiegte das Biest mit einem Knochendolch, Faith und Wesley besiegten Angelus und brachten mit Willows Hilfe seine Seele zurück.

Durch den Tod des Biests kehrte auch das Sonnenlicht zurück. Zum Glück, diese ständige Nacht war einfach schrecklich deprimierend. Außerdem lässt Schwarz meine Haut so blass wirken.

Wir wussten jedoch immer noch nicht, wer hinter dem

Biest steckte und wem es gedient hatte. Währenddessen ging in Cordy eine seltsame Veränderung vor. Es stellte sich heraus, dass sie Connors Kind erwartete, eine Enthüllung wie aus einer mexikanischen Seifenoper. Angel fand das nicht sonderlich amüsant.

Der Embryo wuchs erschreckend schnell in ihrem Körper heran. Cordy begann, Connor zu manipulieren und uns bei unseren Ermittlungen zu behindern. Das ging soweit, dass sie sogar versuchte, mich umzubringen. Danach floh sie mit Connor, dem sie irgendeine Geschichte auftischte, damit er sie nicht durchschaute.

Das funktionierte leider. Unser leichtgläubiger Teenager fiel wieder einmal auf sie herein.

Wir begriffen allerdings langsam, dass Cordy nicht Cordy war, sondern dass sich eine fremde Macht ihres Körpers bemächtigt hatte. Bei dieser Macht konnte es sich nur um die Herrin des Biests handeln.

Daraufhin suchte Angel einen freundlichen Dämon namens Skip auf, um weitere Informationen über Cordy zu erhalten. Zu ihm sollte ich vielleicht kurz ein paar Worte sagen:

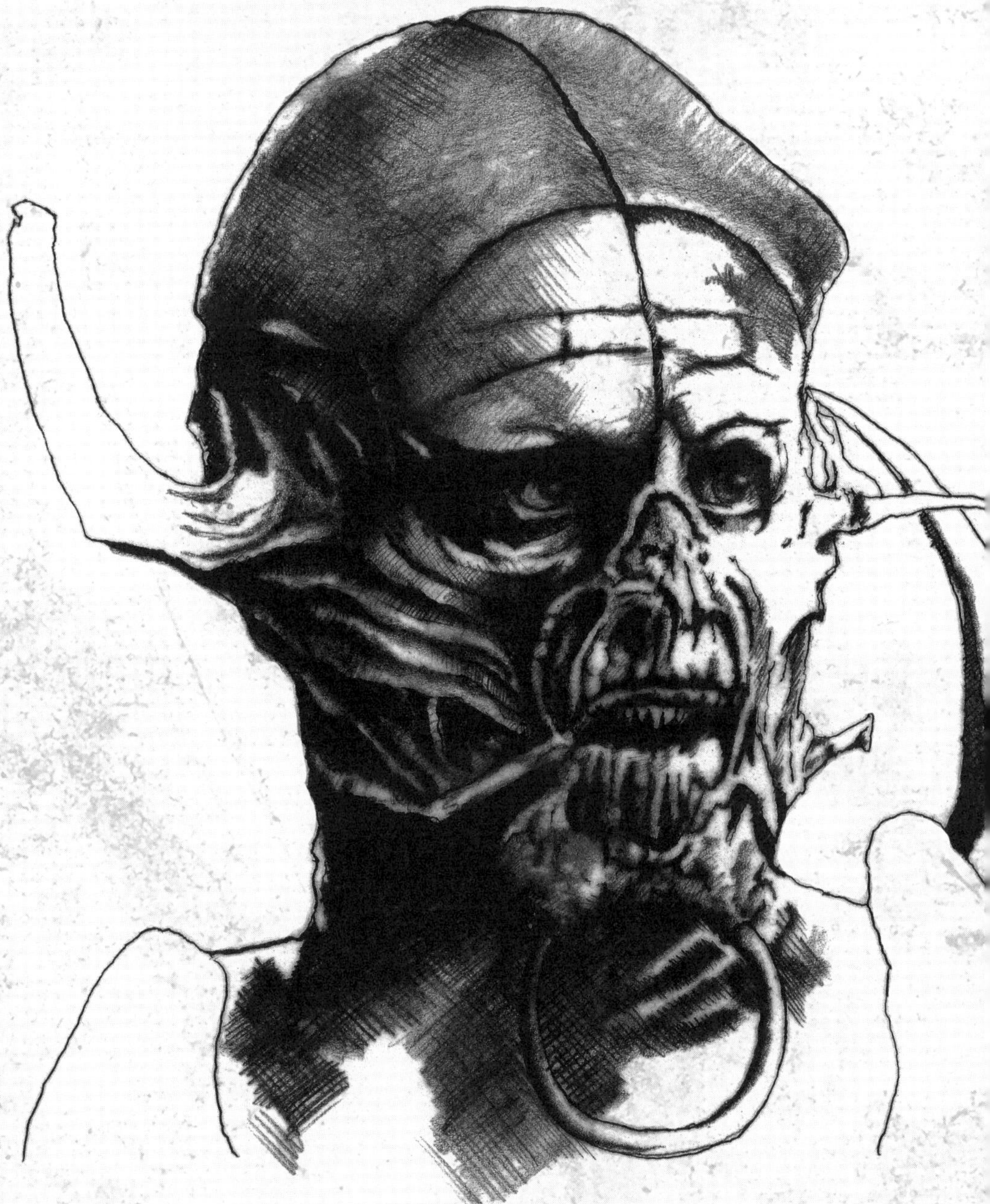

Skip

AUSSEHEN:	sehr kräftiger, breit gebauter Dämon; reptilienhafte Panzerplatten bedecken den ganzen Körper wie eine Rüstung; Knochendornen ragen aus Schultern und Gesicht empor; sein Schädel ist glatt kahl, die Augen sind dunkel
STÄRKEN:	äußerst große Körperkraft, schauspielerisches Können
SCHWÄCHEN:	mit Waffen zu verletzen
BEMERKUNGEN:	anfänglich sehr sympathisches Auftreten; Anhänger Jasmines

Eine Weile lang glaubten wir ja, Skip arbeite für die höheren Mächte. Er machte einen sehr sympathischen, wenn auch etwas einfachen Eindruck, unterstützte uns und wirkte wie ein Dämon, der beschlossen hatte, sich nicht vom schlechten Image seines Volks beeinflussen zu lassen.

Weit gefehlt. In Wirklichkeit arbeitete er für die Herrin des Biests. Nach einem schweren Kampf erfuhr Angel von ihm, dass alles, was wir in den letzten Jahren getan hatten, manipuliert worden war. Ohne freien Willen waren wir einem Plan gefolgt, der nun endlich zur Vollendung gelangen sollte.

Ein äußerst unschöner Gedanke.

Angel kehrte zurück ins Hyperion und begann, Cordy zu suchen. Er wusste, dass er sie töten musste, bevor der Dämon in ihr endgültig ausbrach. Skip folgte ihm, wurde jedoch von Wesley, Fred und Gunn angegriffen, die ihn nach erheblichen Schwierigkeiten besiegten. Während sie kämpften, leuchtete Cordy plötzlich in einem unnatürlich hellen Licht auf. Als es verlosch, stand eine dunkelhäutige Schönheit vor Angel.

Und alles war anders.

Jasmine, so nannte sich die Herrin des Biests, verwandelte die Welt in einen Ort der Freude, des Friedens und des Glücks. Der Preis war leider der freie Wille der Menschheit.

Connor war anfangs der Einzige, der Jasmines Fassade durchschaute und ihr madenzerfressenes, totes Gesicht erkannte. Nach und nach half er uns zu der gleichen Erkenntnis, etwas, das mich zutiefst enttäuschte, denn wie die anderen auch hatte ich Jasmine verehrt.

Sie erklärte später, dass sie eine der Höheren Mächte war, aber es nicht mehr ertragen hätte, tatenlos dem Leid auf der Welt zuzusehen. Ihre Motive waren also sogar ehren-

haft, auch wenn sie hin und wieder einen ihrer Anhänger verschlingen musste, um ihre Kräfte aufzustocken.

Doch was ist schon ein einzelner Mensch gegen das Wohl der Menschheit?

Alles? Das glaubten wir.

Nichts? Das glaubte Jasmine.

Ich kann mich entscheiden, wer von uns beiden richtig lag, und ob wir wirklich das Recht hatten, die Menschheit aus dem Paradies stupider Glückseligkeit zu reißen.

Aber es ist nun mal geschehen.

Angel gelang es durch Magie, den Bann um Jasmine zu brechen. Während einer Rede, die live in die ganze Welt ausgestrahlt wurde, zeigte er der Menschheit das wahre Gesicht ihrer Herrin.

Chaos brach aus. Jasmine versuchte in einem letzten Aufbäumen, Connor als Verbündeten zu gewinnen, doch der Junge war am Ende. Er hatte die komatöse Cordy gefunden und entdeckt, dass er nur erschaffen worden war, um Jasmine in die Welt zu bringen.

Er tötete sie mit einem einzigen Faustschlag.

Wolfram & Hart

Wesley, 05.01.2004

Große Anwaltskanzlei mit Sitz in Los Angeles. Wolfram & Hart hat eine ganz besonders ertragreiche Nische in der Welt der Justiz gefunden: die Vertretung von Dämonen und anderen Höllenmächten. Die Anwälte der Firma kennen keine Moral, keine Skrupel, keine Gewissensbisse. Sie opfern Menschen mit der gleichen Selbstverständlichkeit, mit der sie ein Steak bestellen, und sind sogar bereit, die Welt zu vernichten, wenn sie sich davon einen Vorteil erhoffen.

Geleitet wurde die Firma bis vor einigen Monaten von den Seniorpartnern, rätselhaften Wesen, die möglicherweise körperlos sind. Angel begegnete einem Seniorpartner, der die Gestalt eines Kleynagh-Dämons angenommen hatte.

Kleynagh-Dämon

AUSSEHEN:	großer, in eine rote Kutte gehüllter Dämon, durch Kapuze fast gesichtslos; erkennbar sind nur eine schwarze, ölig glänzende Reptilienhaut und ein lippenloser Mund mit kräftigen Raubtierzähnen
STÄRKEN:	Körperkraft, relative Unverwundbarkeit
SCHWÄCHEN:	wenn der Dämon mit einem speziellen Handschuh, der von den Mächten des Lichts gesegnet wurde, am Hals gepackt wird, löst er sich auf
BEMERKUNGEN:	die Gestalt eines Kleynagh-Dämons lässt sich sehr leicht annehmen

Angel vernichtete diesen Seniorpartner, der eine Überprüfung der Anwaltsfirma durchführen wollte. Solche Prüfungen finden alle 75 Jahre statt und sind nicht gerade beliebt. Wahrscheinlich begrüßten die meisten Angestellten das vorzeitige Ableben ihres Bosses.

Mittlerweile hat Angel Wolfram & Hart übernommen, eine Wendung, die man als bizarr bezeichnen kann, denn die Firma versuchte fast vier Jahre lang, Angel zu vernichten. Anscheinend sind beide, Wolfram & Hart und Angel, aber durch eine geheimnisvolle Prophezeiung aneinander gebunden. Zumindest erklärt das, warum einzelne

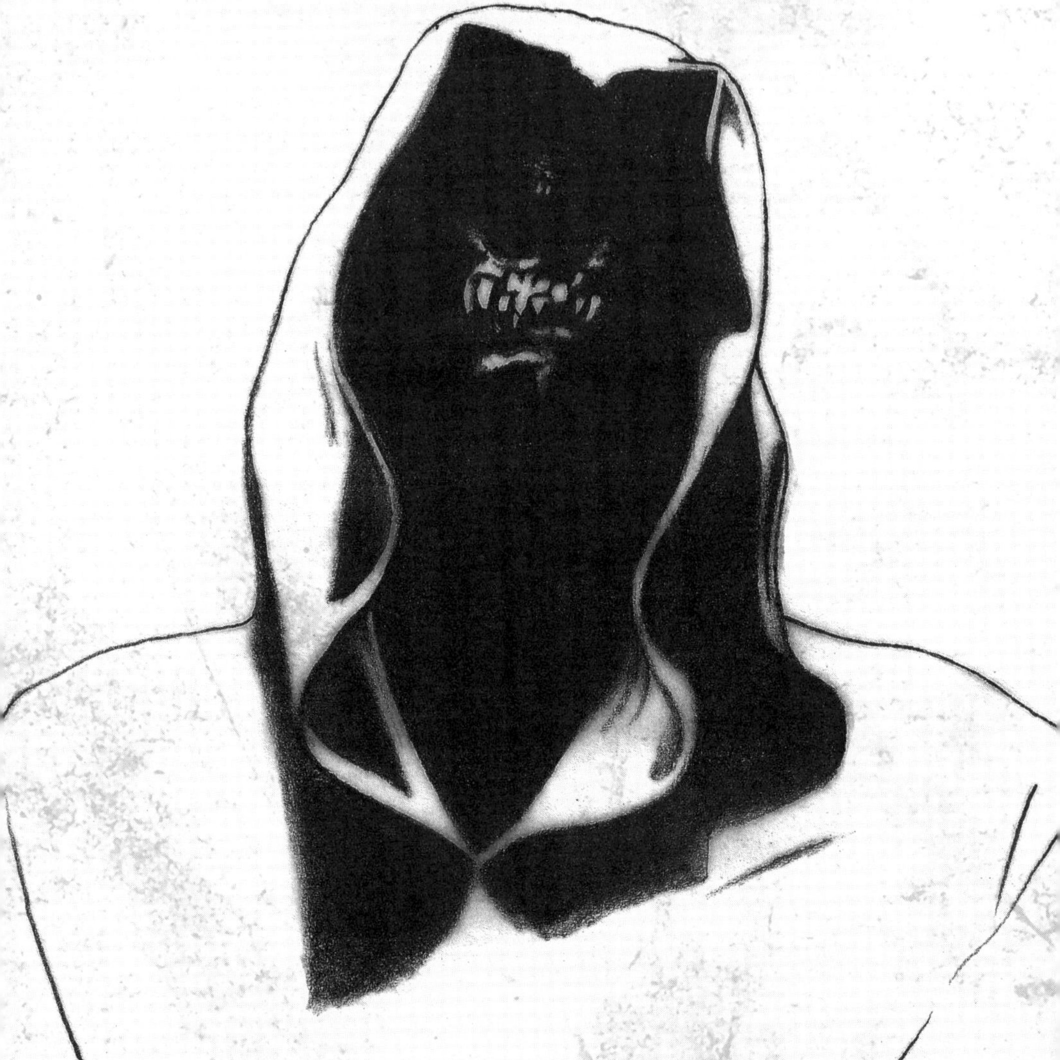

Mitarbeiter der Firma Angel mehrfach halfen, wenn ihm der Tod drohte.

Zwei dieser Mitarbeiter haben sich in den letzten Jahren besonders hervorgetan – hauptsächlich im negativen Sinne:

Lindsey McDonald

AUSSEHEN:	gut aussehend, halblange braune Haare, weiches Gesicht, kleidet sich elegant, ihm fehlt eine Hand
STÄRKEN:	Opportunismus, Ehrgeiz, Verkäufertalent
SCHWÄCHEN:	gelegentliche Skrupel, Feigheit
BEMERKUNGEN:	Sein Körper ist von Schutzzauber-Tätowierungen bedeckt, die ihn für die Seher von Wolfram & Hart unsichtbar machen sollen.

Lindseys Karriere stieg geradezu kometenhaft an, und er wurde sogar zum jüngsten Juniorpartner der Firma. Obwohl Angel ihm die Hand abschlug, gelang es Lindsey die Vampirin Darla zu beschwören. In die verliebte er sich dummerweise, begriff jedoch nach einer Weile, dass sie dieses Gefühl nie erwidern würde. Diese Erfahrung warf den sonst so skrupellosen und überlegenen Lindsey völlig aus der Bahn. Er verließ L. A. und kehrte Wolfram & Hart den Rücken.

Sein Exil dauerte jedoch (leider) nicht besonders lange. Nach nur zwei Jahren kehrte er zurück. Mittlerweile hatte er eine neue Geliebte gefunden, die Anwältin Eve. Beide versuchten hinter dem Rücken der Seniorpartner, Spike und Angel gegeneinander aufzuhetzen. Um dabei nicht entdeckt zu werden, tätowierte er sich Schutzzauber auf den Körper und bedeckte die Wände seines Appartements mit ähnlichen Runen.

Der Plan, den er und Eve geschmiedet hatten, schlug jedoch fehl. Nach einem missglückten Mordversuch an Angel und einem unfreiwilligen Aufenthalt in einer Höllendimension kehrte Lindsey zurück in diese Welt.

Momentan ist er zwar geschwächt, aber es wäre gefährlich, ihn zu unterschätzen.[2]

Lilah Morgan

AUSSEHEN:	hübsch, schlank, Mitte 30, mittelbraune Haare und dunkle Augen, stets geschäftsmäßig und elegant gekleidet
STÄRKEN:	skrupellos, intelligent, flexibel
SCHWÄCHEN:	Gefühle, wo sie selbst keine vermutete
BEMERKUNGEN:	das Gehirn von Wolfram & Hart, steckte hinter den meisten Aktionen gegen Angel

[2] *Anmerkung des Wächterrats: Lindsey muss zum Glück nicht mehr beachtet werden. Er wurde von Lorne erschossen.*

Lilah. Bösartig. Hinterhältig. Kalt. Skrupellos. Einsam. Sexy. Bis heute verstehen die anderen nicht, wie ich mit ihr schlafen konnte, aber sie war da, als ich sie brauchte, und ich war da, als sie mich brauchte, obwohl sie das erst begriff, als es zu spät war. Sie und mich verband etwas, das irgendwo zwischen Hass, Verachtung, Selbstzerstörung und Sehnsucht lag. Und vielleicht sogar Liebe.

Wir lernten Lilah schon früh kennen. Sie gehörte zu den Mitarbeitern von Wolfram & Hart, die immer wieder unseren Weg kreuzten. Sie beschwor Darla mit Lindsey, befreite Angel aus einem dämonischen Sklavenspiel, bot bei einer Auktion enorme Summen, um Cordelias Visionen zu erwerben (inklusive ihrer Augen) und schaffte es, die Karriereleiter emporzusteigen, ohne über ihre Misserfolge zu stolpern und das Leben zu verlieren.

Nachdem ich mich von „Angel Investigations" ... sagen wir, getrennt hatte ... versuchte sie mich für Wolfram & Hart zu rekrutieren. Das gelang ihr nicht, stattdessen begannen wir eine intensive und wahrscheinlich nicht sehr gesunde Beziehung.

Lilah geriet in der Firma deswegen unter Beschuss, doch ihre langjährige Glückssträhne riss endgültig ab, als sie vom Biest angegriffen und verletzt wurde. Die Wunde hörte nicht auf zu bluten. Lilah wurde immer schwächer. Ich brachte sie ins Hyperion, nicht ahnend, dass sie dort ihren Tod finden würde.

Es geschah, nachdem Angelus aus seinem Käfig entkommen war. Wir glaubten, er sei aus dem Hotel geflohen, aber in Wirklichkeit hatte er uns ausgetrickst. Er begann Lilah durch die Gänge zu folgen, doch ermordet wurde sie schließlich von Cordelia, beziehungsweise von der Macht, die von Cordelia Besitz ergriffen hatte.

Angelus trank nur ihr Blut.

Wir fanden Lilah und hielten natürlich Angelus für den Schuldigen. Ich tat, was notwendig war, um zu verhindern, dass Lilah zum Vampir wurde. Ich brachte die Leiche in den Keller und köpfte sie mit einer Axt.

Ein beinahe passendes Ende für unsere Beziehung.

Krevlorneswath vom Deathwok Clan (alias Lorne)

AUSSEHEN:	ca. 1,80 Meter groß, hat grüne Haut, stechende rote Augen und zwei ebenfalls rote Hörner, die aus seiner Stirn ragen; sein Haar ist rötlich blond und kurz
STÄRKEN:	kann die Aura anderer Wesen erkennen, wenn diese singen
SCHWÄCHEN:	launisch, redet sehr viel
BEMERKUNGEN:	guter Sänger, Pazifist

Winifred Burkle, 01.02.2004

Mit richtigem Namen heißt Lorne Krevlorneswath. Ein wirklich süßer Name, aber man kann sich schon denken, warum er ihn meistens abkürzt. Meinen Namen kürze ich ja auch ab, dabei hat er weit weniger Buchstaben.

Lorne wurde in einer der Höllendimensionen geboren,

und zwar auf Pylea. Das ist eine primitive, ländliche Welt, auf der Dämonen herrschen und Menschen als Sklaven gehalten werden. Es ist wirklich sehr hässlich dort, auch wenn die Landschaft ganz nett ist.

Der junge Lorne wuchs als Außenseiter auf. Sein gesamter Clan verfügt über telepathische Fähigkeiten, aber während die anderen Dämonen sie benutzten, um Beute zu verfolgen oder sich einen Vorteil im Kampf zu verschaffen, erkannte Lorne, dass man mit dieser Gabe anderen helfen konnte. Das interessierte in seinem Clan jedoch niemanden.

Schon bald stellte Lorne fest, dass er über eine weitere, ganz besondere Fähigkeit verfügte: Er konnte Musik wahrnehmen und reproduzieren. Dazu war niemand sonst auf seiner Welt in der Lage, aber statt Bewunderung erntete Lorne nur Schulterzucken und Ablehnung.

(Zucken Anogogik-Dämonen eigentlich mit den Schultern? Keine Ahnung, Wes weiß das bestimmt.)

Wahrscheinlich wäre Lorne irgendwann kulturell vereinsamt und allein auf Pylea gestorben, aber ein Zufall rettete ihm das Leben. Er entdeckte ein Dimensionsportal, durch das er nach Los Angeles auf die Erde gelangte. Lustigerweise hatte ich dieses Dimensionsportal erschaffen, und während es sein Leben positiv veränderte, stürzte es mich auf Pylea in die Hölle.

Trotzdem bin ich froh, dass ich das Portal geöffnet habe. Sonst hätten wir Lorne nie kennen gelernt und einen richtig guten Freund verloren, ohne das überhaupt zu begreifen. Und wenn wir ihn nicht kennen gelernt hätten, wie wäre dann unser eigenes Leben verlaufen? Moment, ich wäre ja ohne das Portal auch nicht dabei gewesen. Angel hätte mich nie in L. A. gefunden und ich auch nicht ihn, Gunn, Wesley und Cordy. Alles wäre anders gewesen. Schlechter? Vielleicht. Besser? Wer weiß.

Aber zurück zu Lorne. Er lernte in Los Angeles eine ganz neue Welt kennen. Überall gab es Musik, alles war voller Leben und Kultur und selbst als grünhäutiger Dämon fiel er kaum auf in einer Stadt, die von der Illusion lebt.

Lorne gründete einen Karaoke-Nachtclub namens Caritas, der zu einem beliebten Dämonentreffpunkt wurde. Auch Angel verirrte sich dorthin, um seine Aura von Lorne lesen zu lassen. Gunn sagte, Angel singen zu hören, sei ein „denkwürdiges Ereignis" gewesen.

In den nächsten Monaten half Lorne „Angel Investigations" mehr als nur einmal und wurde nach der

Zerstörung seines Nachtclubs sogar zum festen Mitglied des Teams. Er war jedoch nie ein großer Kämpfer und fühlte sich mit einem Mikrofon in der Hand wesentlich wohler als mit einem Schwert. Als Angel entschied, das Angebot von Wolfram & Hart anzunehmen und die Firma zu übernehmen, war Lorne der Skeptischste von allen. Schließlich ließ er sich jedoch überreden. Er übernahm den Posten des Unterhaltungschefs und vergräbt sich seitdem förmlich in seiner Arbeit, so wie wir alle das tun.

Lorne war in den letzten Jahren das Gewissen des ganzen Teams. Ich hoffe, dass er es auch hier sein wird und dass wir auf seinen Rat hören werden, wenn er ihn dann ausspricht.

Sonst sind wir vielleicht verdammt zu dem zu werden, was wir verabscheuen.

Ach was, ich sollte nicht so negativ denken. Ich klinge ja fast wie Wesley.

Connor

AUSSEHEN:	männlicher Teenager, nicht groß, aber drahtig und durchtrainiert, hat mittelbraune, halblange Haare und blaugrüne Augen; kleidet sich einfach und anspruchslos
STÄRKEN:	große Körperkraft, Wendigkeit, Intelligenz
SCHWÄCHEN:	labil, leicht zu beeinflussen
BESONDERHEITEN:	Mensch, der aus der Beziehung zweier Vampire entstand; Angels Sohn

Wesley Wyndam-Pryce, 10.04.2004

Es fällt mir nicht leicht, über Connor zu sprechen. Ich habe sein Leben ruiniert, egal, wie gut meine Absichten gewesen sein mögen. Doch darum soll es hier nicht gehen, nur um die Ereignisse, die ihn in eine Rolle drängten, aus der er allein nicht entkommen konnte.

Um diese Ereignisse zu verstehen, muss man zuerst über die beiden Menschen sprechen, die sie maßgeblich beeinflussten: Holtz und seine Mitstreiterin Justine.

Holtz war ein Vampirjäger im England des 18. Jahrhunderts. Mit unglaublicher Hartnäckigkeit verfolgte er Angel und Darla. Mehrmals war er sogar kurz davor, sie zur Strecke zu bringen. Doch die beiden Vampire drehten den Spieß um. 1764 töteten sie Holtz' komplette Familie und verwandelten seine jüngste Tochter in einen Vampir. Holtz musste sie pfählen, eine Tat, die ihn für immer veränderte und seine Hartnäckigkeit in blanken, pathologischen Hass verwandelte.

1773 schloss er einen Pakt mit dem Dämon Sahjhan, der ihn in Stein verwandelte und 200 Jahre später erweckte. Holtz fand Angel, und obwohl der inzwischen eine Seele besaß und für die Grausamkeiten der Vergangenheit gebüßt hatte, war der Vampirjäger nicht gewillt, seine Rache aufzugeben. Sie war das Einzige, das seinem Leben einen Sinn gab, das Einzige, was ihn von den Toten seiner eigenen Zeit trennte. An seiner Stelle hätten wohl nur die Wenigsten anders gehandelt.

Holtz war klar, dass er allein in dieser neuen unbekannten Welt chancenlos war. Er brauchte Hilfe, und die bekam er durch Justine, eine junge Frau, deren Schwester von Vampiren ermordet worden war und deren Leben durch

Hass und Verzweiflung ebenso geprägt worden war wie Holtz'. Sie verstanden sich und formten eine Gemeinschaft, die beinahe schon an Liebe grenzte.

Der Plan, mit dem sie Angel bestrafen wollten, entbehrte nicht einer gewissen Genialität. Sie schoben mir eine gefälschte Prophezeiung unter, die mich glauben ließ, Angel würde Connor töten und damit die Apokalypse auslösen. Ich redete mit niemandem darüber – ein großer Fehler – und entführte schließlich den Säugling, weil ich dachte, es sei die einzige Alternative.

Der Weg zur Hölle ist nun einmal mit guten Absichten gepflastert.

Justine lauerte mir auf und schnitt mir die Kehle durch. Holtz nahm den Jungen an sich und sprang in die Höllendimension Quor-toth. Dort sollte Connor die nächsten 18 Jahre verbringen.

Wir wissen nicht viel über diese Dimension, nur dass Connor gezwungen war, jeden Tag um sein Leben zu kämpfen und von Holtz lernte, seinen Vater zu hassen.

Irgendwann gelangte Connor durch ein Dimensionsportal zurück auf die Erde. Hier waren nur einige Wochen vergangen, trotzdem erkannten Angel und seine Mitstreiter sehr schnell, wer der aggressive Teenager in Wirklichkeit war.

Als ich davon erfuhr – wie man sich denken kann, hatten sich Angels und mein Weg getrennt – war ich zum einen erleichtert, dass Connor noch lebte und zum anderen entsetzt, dass er durch meine Leichtgläubigkeit seine Kindheit verloren hatte.

Angel versuchte, Connor seinen Hass zu nehmen, doch der hatte sich inzwischen mit Justine verbündet. Justines und Holtz' Hass ging soweit, dass sie auch vor Mord, beziehungsweise Selbstmord nicht zurückschreckten. Justine ermordete Holtz mit dessen Einverständnis und schob die Schuld Angel zu. Connor wurde von Hass auf seinen Vater überwältigt. Ihm und Justine gelang es, Angel zu überlisten und in einem Metallsarg im Ozean zu versenken. Sie wollten, dass Angel bis ans Ende der Zeit hilflos dort unten lag und über seine Gräueltaten nachdachte. Früher oder später hätte er dabei wohl den Verstand verloren.

Angels Freunde verbrachten den ganzen Sommer mit der Suche nach ihm. Ich hielt mich fern von ihnen, suchte aber ebenfalls nach ihm. Schließlich war es meine Schuld, dass es soweit gekommen war.

Justine erwies sich als nützliche Helferin bei meiner Suche. Es ist erstaunlich, wie gesprächig eine Person wird, die man ein paar Wochen in einem Schrank gefangen hält. Die Androhung von Folter war beinahe überflüssig.

Wir fanden Angel schließlich nach Monate langer Suche. Er vergab Connor, aber die Beziehung zwischen den beiden war immer noch schwierig. Auf Grund seiner einsamen Kindheit fiel es Connor schwer, Bindungen mit anderen Menschen einzugehen oder Freundschaften zu schließen. Nur mit Cordelia schien er sich beinahe instinktiv zu verstehen. Die beiden wurden enge Freunde – und mehr.

In einer Nacht, als es so schien, als sei das Ende der Welt gekommen, schliefen Connor und Cordelia miteinander. Ich würde das hier nicht erwähnen, aber ihre gemeinsame Nacht brachte Jasmine in unsere Welt. Mehr über sie an anderer Stelle.

Connor war der Einzige, der mit Jasmines heiler Welt nichts anfangen konnte. Er durchschaute ihre Fassade, fühlte sich von allen ausgestoßen und verlassen. Seine Einsamkeit, Verzweiflung und Verwirrung brachte ihn schließlich soweit, dass er glaubte, er könne seinen Frieden nur im Tod finden.

Diese Hoffnungslosigkeit zwang Angel schließlich, auf ein äußerst zweifelhaftes Angebot von Wolfram Hart einzugehen. Die Anwaltskanzlei hatte versprochen, Connors Erinnerungen an sein Leben gegen die an eine ganz normale Kindheit und Jugend auszutauschen. Er würde bei einer Pflegefamilie untergebracht werden und endlich glücklich sein. Im Gegenzug sollte Angel Wolfram & Hart übernehmen, aber Connor niemals wiedersehen.

Angel ging nach einigen (berechtigten) Zweifeln auf dieses Angebot ein.

Doch er sah seinen Sohn trotzdem wieder. Connor hatte seine Fähigkeiten entdeckt und sehnte sich danach, sie im Kampf zu erproben. Gleichzeitig begann ich zu ahnen, dass etwas mit unseren Erinnerungen nicht stimmte, denn Angel hatte nicht nur Connor, sondern uns allen die Erinnerungen an die letzten anderthalb Jahre genommen.

Das geschah sicherlich mit den besten Absichten, aber wir wissen ja, womit der Weg zur Hölle gepflastert ist.

Ich sorgte dafür, dass wir unsere Erinnerungen zurückerhielten. Obwohl das alles andere als angenehm war, glaube ich immer noch, dass es die richtige Entscheidung war. Selbst Connor zerbrach nicht daran, sondern kehrte zu sei-

ner Familie zurück, da er beide Erinnerungen behalten hatte.

Angel und er gehen mittlerweile wie Freunde miteinander um, nicht wie Vater und Sohn. Ich glaube, dass Connor sich selbst gefunden hat. Das ist gut.

Illyria

AUSSEHEN:	jung, hübsch, sehr schlank, ihre langen Haare und ausdrucksvollen, großen Augen sind violett, ihre Haut blass; sie trägt rötlich-braune Lederkleidung und hohe Stiefel
STÄRKEN:	große Körperkraft, Schnelligkeit, kann die Zeit beeinflussen
SCHWÄCHEN:	kommt mit der modernen Zeit nicht zurecht
BEMERKUNGEN:	Illyria nahm Freds Körper an sich

Lorne, 19.05.2004

Wir alle liebten Fred, jeder auf seine Weise. Sie war vielleicht die Einzige in unserer verschworenen, aber doch so komplizierten Gruppe, die nie einen bösen Gedanken gehegt hatte und frei von jeder Hinterlist war. Zumindest kam es uns so vor.

Es war schlimm, ihr Sterben zu beobachten. Sie hatte sich an einem Sarkophag mit einem dämonischen Parasiten infiziert, der sie nach und nach von innen auffraß. Wir

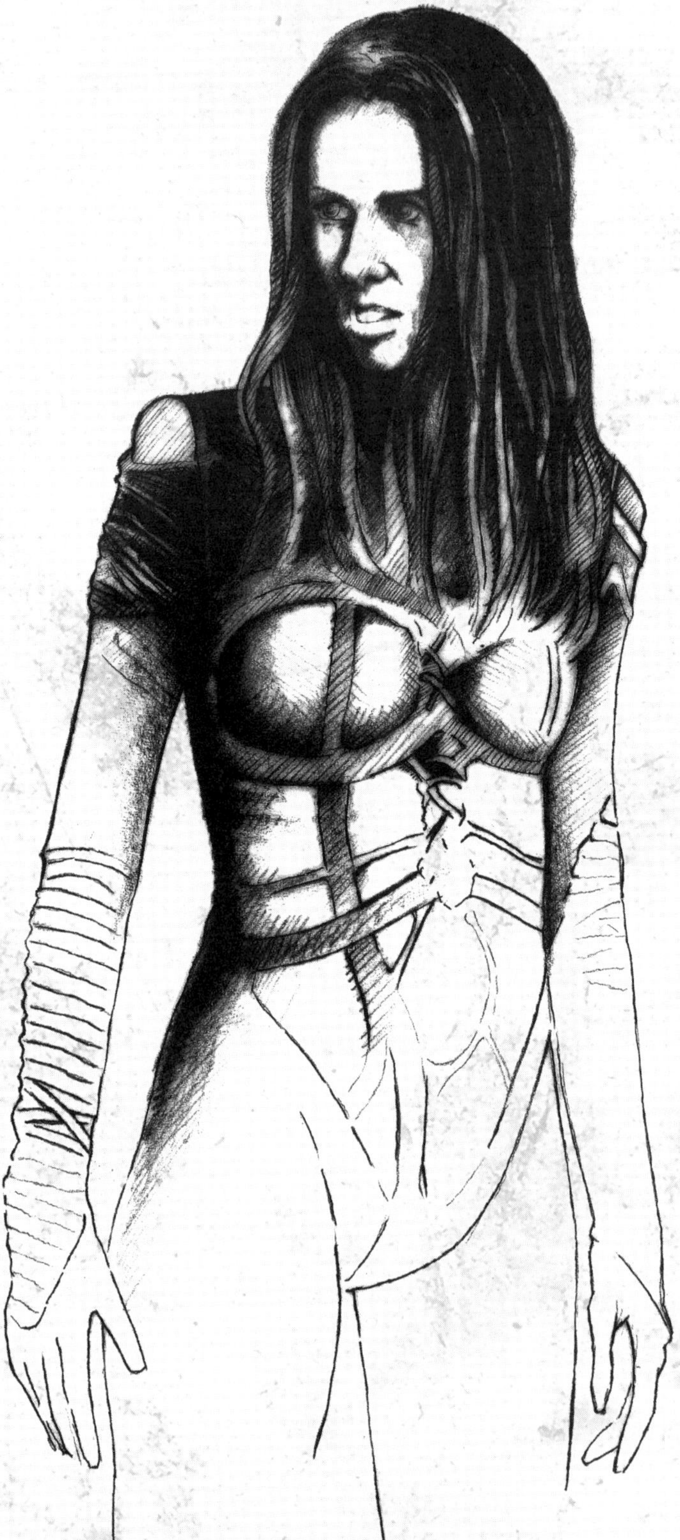

alle litten darunter, aber Wesley ... ihn zerstörte es.

Bis zu ihrem Tod blieb er bei ihr, und er war als Einziger da, als sich ihre Leiche erhob und zu Illyria wurde. Es stellte sich heraus, dass Illyria eine uralte Dämonin war, die einst über ein Reich herrschte, auf dessen Ruinen heute Los Angeles steht. Damals war sie von ihren Rivalen besiegt und vergraben worden, doch jetzt war sie durch ihre letzten Anhänger zurückgebracht worden und wollte ihre Herrschaft antreten, so wie es prophezeit worden war.

Doch von ihrer Zeit war nichts geblieben. Niemand erinnerte sich mehr an sie und die Armeen, die Jahrhunderte lang auf sie gewartet hatten, waren längst zu Staub zerfallen. Von ihren Tempeln waren nur Ruinen geblieben.

Illyria war eine Verlorene. Angel wollte sie anfangs töten, weil er sie für extrem gefährlich hielt, aber Wesley hielt ihn davon ab. Er war wie besessen von ihr, verbrachte jede freie Minute damit, ihr die Welt zu erklären und sie mit ihrem neuen Leben zu konfrontieren. Illyria hingegen war auf ihn fixiert, verstand nicht die Gefühle, die er für Fred gehabt hatte und den liebevollen Hass, den er ihr entgegenbrachte.

Wir anderen verstanden es auch nicht.

Außer Wesley fand Spike den besten Zugang zu Illyria. Er half ihr neues Selbstbewusstsein im Kampf zu finden, und nach einer Weile wurde sie zu einer wichtigen Mitstreiterin. Sie behauptete zwar, ihre Kräfte seien gegenüber den alten Zeiten verschwindend gering, aber uns beeindruckten sie trotzdem. So konnte sie die Zeit verlangsamen, während sie sich selbst normal bewegte, eine Fähigkeit, die ihr im Kampf große Vorteile brachte, wie wir alle feststellen mussten.

Aber auch ihre körperlichen Fähigkeiten waren beeindruckend. Sie hätte vielleicht sogar zu einem festen Bestandteil der Gruppe werden können, aber Angel hatte anderes mit uns vor.

Er wollte den langen Kampf beenden und in einem gewaltigen Spektakel untergehen. Ich weiß nicht, warum ihm das so wichtig war.

Wesley war der Erste, der sein Leben verlor. Als er sterbend am Boden lag, nahm Illyria Freds Gestalt an, so wie er es erhofft hatte.

Die anderen folgten ihm bald in den Tod: Angel, Spike, Gunn und Illyria. Nur ich bin übrig geblieben, um diese Zeilen zu schreiben. Niemand sonst.

Ich kann Illyria jetzt verstehen.

TEIL 4

DIE BESTEN ZITATE

Über die Liebe und die Leidenschaft

XANDER: Ich bin 17, klar. Sogar wenn ich 'nen Fußabtreter sehe, komme ich auf Touren.
(Buffy, Ep. 2.14 „Der gefallene Engel")

GILES: Es war wirklich sehr nett, mit Ihnen zu reden.
JENNY: Rupert, wir streiten uns gerade.
GILES: Wir müssen das unbedingt wiederholen.
(Buffy, Ep. 1.08 „Computerdämon")

ANGEL: Ich liebe meinen Sohn.
WESLEY: Liebe kann etwas Schreckliches sein.
ANGEL: Das dachte ich auch. Ich dachte, Liebe ist etwas, das dich auffrisst und innerlich zerreißt. Aber das, was ich für Connor empfinde, auch die Angst ... Wes, das ist nicht schrecklich. Es ist wunderschön ...
(Angel, Ep. 3.15 „Eine Frage der Loyalität")

WILLOW: Wenn dir jemand am Herzen liegt, kannst du es nicht einfach ungeschehen machen, indem ...
BUFFY: ... du ihn umbringst? Mag sein, aber es ist ein Anfang.
(Buffy, Ep. 1.07 „Angel - Blutige Küsse")

SPIKE: Können wir reden?
BUFFY: Mit unseren Stimmbändern - ja. Miteinander - nein.
(Buffy, Ep. 6.08 „Tabula Rasa")

CORDELIA: Wir müssen nur die Szene zu Ende spielen. Da rein gehen, raus kommen. Niemand wird zu glücklich ...
ANGEL: Was, wenn wir in der Szene keinen Text mehr haben? Glaub mir, ich war schon von den Geistern Liebender besessen ... das geht nie gut aus.
(Angel, Ep. 3.13 „Liebe und andere Schwierigkeiten")

CORDELIA: Ich finde das wirklich ungerecht. Dieses arme Mädchen tut mir leid. Da lernt sie einen Arzt kennen, was an sich eine schöne Sache ist. Sie müsste ihre Mutter anrufen können und sagen: „Mom, stell dir vor, ich habe einen Arzt kennen gelernt!" und nicht „Stell dir vor, ich hab 'nen Irren kennen gelernt, der mich verfolgt. Er kann sich Hände und Füße abtrennen, dabei ist er gar nicht beim Zirkus ...!"
(Angel, Ep. 1.04 „Die Maschen des Dr. Meltzer")

Die Jägerinnen und ihre Gegner

DER MEISTER: Das ist also die Jägerin. Du bist hübscher als die letzte.
(Buffy, Ep. 1.10 „Die Macht der Träume")

BUFFY: *Wir sind uns noch nicht vorgestellt worden. Ich bin Buffy und du bist ... Geschichte! (Buffy, Ep. 1.05 „Ohne Buffy lebt's sich länger")*

BUFFY: Die Zerstörerin, das bin ich.
(Buffy, Ep. 1.04 „Die Gottesanbeterin")

RILEY: Ich habe weder Verstärkung noch Waffen. Ich jage doch keinen Dämon von der Größe ohne Hilfe.
BUFFY: Ich schon.
(Buffy, Ep. 4.11 „Das Opfer der Drei")

VAMPIR ZU WARREN: Eigentlich wollte ich dich ja in der Werbepause beißen, doch jetzt sehe ich lieber zu, wie die Jägerin dich kalt macht.
(Buffy, Ep. 6.17 „Warrens Rache")

BUFFY: Okay, wir können es etwa auf die harte Tour ... äh ... – nein, eigentlich bleibt nur die harte Tour übrig!
DARLA: Ich habe nichts dagegen.
BUFFY: Bist du sicher? Geht verdammt unschön zur Sache, ich rede von Gewalt, Gossensprache, Sachen, die die sonst gerne raus schneiden.
(Buffy, Ep. 1.01 „Das Zentrum des Bösen")

Die Jägerinnen und ihre Wächter

BUFFY: Wenn Giles mich auf eine Mission schickt, sagt er für gewöhnlich bitte. Und danach bekomme ich einen Keks.
(Buffy, Ep. 3.14 „Der neue Wächter")

GILES (zeigt Buffy einen Stein): Dieser hier?
BUFFY: Amethyst.
GILES: Anwendung?
BUFFY: Als Schmuckstück?
GILES: Als Amulett für Reichtum und zur Reinigung der Aura.
BUFFY: Und woher weiß ich, dass 'ne Aura dreckig ist? Wenn jemand vorbei kommt und FERKEL draufschreibt?
(Buffy, Ep. 3.12 „Reifeprüfung")

ANGEL: Giles sagt, Faith hat Sunnydale vor etwa einer Woche verlassen. Er meint, sie leidet unter psycho-neurotischen Störungen.
CORDELIA: Ah, das erklärt das Outfit ...
(Angel, Ep. 1.18 „Alte Feinde")

FAITH (zu Wesley): Komm schon, halt durch. Mach mir jetzt nur nicht schlapp. Sonst ist der Spaß doch viel zu schnell vorbei. Dann bist du tot, und dann wäre ich ... gelangweilt.
(Angel, Ep. 1.18 „Alte Feinde")

WESLEY: Ich war dein Wächter, Faith. Ich kenne dein wahres Gesicht. Und auch wenn du mich umbringst, möchte ich, dass du Eines niemals vergisst.
FAITH: Was denn, Liebling?

WESLEY: Das du ... nicht mehr als ein Stück Dre ...
(Angel, Ep. 1.18 „Alte Feinde")

Cordelia

CORDELIA (zu Xander): Du hast dir heute wohl den letzten Rest Verstand beim Duschen weggewaschen?
(Buffy, Ep. 2.15 „Der Werwolfjäger")

CORDELIA: Schade, ich habe heute Abend Cheerleadertraining. Hätte ich bloß gewusst, dass ihr auf dem Friedhof Leichen ausbuddeln wollt, dann hätte ich abgesagt!
(Buffy, Ep. 2.02 „Operation Cordelia")

CORDELIA: Ich bin jemand. Ich bin wichtig. Mit meiner positiven Energie ziehe ich Menschen an, die mir helfen, meine Wünsche zu verwirklichen. Ich bin genau da, wo ich jetzt sein sollte ... und stehe nicht kurz vor dem Verhungern!
(Angel, Ep. 1.01 „Licht und Schatten")

CORDELIA: Weißt du was? Ich hab schon kapiert. Du bist ein Geist. Du bist tot! Das ist großartig! Hau ab! Siehst du irgendwo ein Licht? Geh drauf zu!
(Angel, Ep. 1.05 „Zimmer mit Aussicht")

CORDELIA: Ich bin kein kleines weinendes Buffy. Ich bin das grausamste Mädchen in der Geschichte Sunnydales. Ich lasse mich von niemandem beleidigen.
(Angel, Ep. 1.05 „Zimmer mit Aussicht")

CORDELIA: Oh Gott! Was mach ich denn jetzt nur? Ich bin für genau zwei Dinge geeignet: Ich kann entweder ein Superstar werden oder einem Vampir mit Seele beim Kampf gegen das Böse helfen. Das gibt einen kurzen, aber interessanten Lebenslauf, nicht?
(Angel, Ep. 1.18 „Liebe auf Zeit")

CORDELIA: Ich persönlich halte es für unmöglich, einen noch verrückteren Plan auszubrüten.
OZ: Wir könnten ja auch mit Sahnetorten schmeißen.

CORDELIA: Ich zieh das zurück.
(Buffy, Ep. 3.22 „Der Tag der Vergeltung")

BUFFY (zu Cordelia): Dein Gehirn ist nicht im geringsten mit deinem Mund verbunden, oder?
(Buffy, Ep. 3.05 „Die Qual der Wahl")

Das Böse

BUFFY: Ich denke, bei jemandem, der tote Mädchen in kleine Stücke schneidet, entscheidet man nicht im Zweifel zu seinem Gunsten.
(Buffy, Ep. 2.02 „Operation Cordelia")

ANYA: Tausend Jahre lang war ich Hüterin der Macht des Wunsches. Ich habe treulosen, unehrlichen Männern den Ruin gebracht. Ich habe zur Freude der niederen Wesen Chaos und Zerstörung verbreitet. Ich wurde gefürchtet und angebetet in der Welt der Sterblichen und nun bin ich gefangen an der Sunnydale High! Als Mensch. Als Teenager. Und ich fall in Mathe durch.
(Buffy, Ep. 3.16 „Doppelgängerland")

CORDELIA: Hast du 'nen Knoten in der Zunge?
DÄMON: Ich habe keine Zunge!
(Angel, Ep. 2.01 „Das Tribunal")

XANDER: Ich kann Vampire nicht ausstehen. Nein, echt nicht, ich find sie zum Kotzen!
(Buffy, Ep. 1.2 „Die Zeit der Ernte")

BUFFY: Der Dämon braucht also noch das Gehirn von einem gesunden, intelligenten Menschen.
XANDER: Das heißt, ich bin in Sicherheit.
(Buffy, Ep. 1.09 „Buffy lässt die Puppen tanzen")

ANYA: Vampire. Die denken doch bloß mit ihren Zähnen.
(Buffy, Ep. 3.16 „Doppelgängerland")

Über das Wohnen

CORDELIA: Ich werde die Wohnung nicht aufgeben!
ANGEL: Sie ist verflucht.
CORDELIA: Ja, aber auch verflucht günstig.
(Angel, Ep. 1.05 „Zimmer mit Aussicht")

CORDELIA: Dieses Hotel macht mir Angst.
GUNN: Das stimmt. Und es hat so einen bestimmten Geruch, fällt euch das auch auf?
CORDELIA: 70 Jahre voller Gewalt, Chaos, und Paranoia? Ganz schlechtes Gefühl hier.
ANGEL: Wir ziehen ein.
CORDELIA: Na ja, ein paar nette Bezüge und ein paar Kissen – wird schon werden.
(Angel, Ep. 2.02 „Das Hotel Hyperion")

DOYLE: Die Bude gefällt mir. Sie hat zwar keine schöne Aussicht, aber dafür würde sich Batman hier glatt wie zu Hause fühlen.
(Angel, Ep. 1.01 „Licht und Schatten")

BUFFY (über Sunnydale): Willkommen im Streichelzoo am Höllenschlund.
(Buffy, Ep. 3.02 „Die Nacht der lebenden Toten!")

Das Gute

CORDELIA: Angel Investigations. Wir helfen den Hoffnungslosen.
(Angel, Ep. 1.09 „Helden wie wir")

ANGEL: Nichts ist in dieser Welt, wie es sein sollte. Sie ist rau und grausam. Aber darum gibt es uns. Champions. Es ist ganz egal wo wir herkommen, was wir vorher getan haben und durchstehen mussten oder ob wir überhaupt etwas ausrichten. Wir leben in dieser Welt, als sei sie das, was sie sein sollte. Damit wir ihr zeigen können, was sie sein könnte.
(Angel, Ep. 4.01 „Aus der Tiefe")

DOYLE: Ich wurde von den Kräften, Die Sind geschickt ...
ANGEL: Die Kräfte die was sind?
(Angel, Ep. 1.01 „Licht und Schatten")

DOYLE: Also wenn Sie Hilfe brauchen, dann suchen sie nicht weiter. Bei Angel Investigations sind sie in den besten Händen. Wir bieten Ihnen Qualität für wenig Geld. Wenn Sie meinen alles ist sinnlos und vergebens, dann ist Angel Investigations für Sie da. Sie können uns vertrauen. Sie brauchen keine Angst zu haben. Wir werden Sie beschützen. Verlieren Sie nicht die Hoffnung. Kommen Sie einfach in unser Büro, und Sie werden sehen, dass es auf dieser Welt noch echte Helden gibt.
(Angel, Ep. 1.09 „Helden wie wir")

Freundschaft

GUNN: Was ist nur mit dir passiert?
WESLEY: Mir wurde die Kehle durchgeschnitten, und alle meine Freunde haben mich im Stich gelassen ...
(Angel, Ep. 4.06 „Flaschendrehen")

BUFFY: Wer bist du?
ANGEL: Sagen wir mal, ich bin ein Freund.
BUFFY: Ja, ich will aber keinen Freund.
ANGEL: Ich habe nicht gesagt: „Ich bin dein Freund."
(Buffy, Ep. 1.1 „Das Zentrum des Bösen")

WESLEY: Jetzt, da wir ein junges dynamisches Team geworden sind, drängt es sich geradezu auf, etwas weniger förmlich miteinander umzugehen. Findest du nicht auch?
ANGEL: Drängt es sich? Na gut.
WESLEY: Cordys Freundinnen halten uns ja eh schon für schwul.
ANGEL: Das macht uns nur interessanter.
(Angel, Ep. 1.12 „Teuflische Leidenschaften")

WILLOW (zu Buffy): Du bist die Jägerin, wir sind die Jägerlein.
(Buffy, Ep. 1.03 „Verhext")

Erkenntnisse

WESLEY: Ich habe mich verändert. Ich habe etwas Dunkles in mir entdeckt. Ich bin mir nicht sicher, dass du das verstehen kannst ...
WILLOW: Ich habe einen Typen bei lebendigem Leibe gehäutet und versucht, die Welt zu zerstören.
WESLEY: Oh.
WILLOW: Etwas Dunkles? Kenn ich.
WESLEY: Hmmm, ich habe noch niemanden gehäutet. Ich hatte eine Frau in meinem Schrank angekettet ...
WILLOW: Hmm, hey!
WESLEY: Ist nicht vergleichbar.
WILLOW: Doch. Dunkel! Das ist dunkel.
(Angel, Ep. 4.15 „Orpheus")

GILES: Ich räume noch ein wenig auf, bevor ich gehe. Ich bin kurz hinten im Mittelalter.
JENNY: Sind Sie da nicht immer?
(Buffy, Ep. 1.07 „Computerdämon")

OZ: Eis ist cool. Es ist Wasser, aber auch nicht.
(Buffy, Ep. 3.12 „Die Reifeprüfung")

ANGEL: Einsamkeit ist das Schrecklichste, was es gibt.
(Buffy, Ep. 2.11 „Ted")

LORNE: Man kann Kyrumption nicht bekämpfen, Vanillehörnchen. Es ist Schicksal. Es sind die Sterne. Kyrumption ist ...
ANGEL: Hör auf, das zu sagen. Und hör auf, mir Gebäcknamen zu geben.
(Angel, Ep. 3.13 „Liebe und andere Schwierigkeiten")

SPIKE: Wenn nur jeder zweite Vampir, der sagt, er sei Zeuge der Kreuzigung gewesen, auch tatsächlich da war, dann wär's dort zugegangen wie in Woodstock.
(Buffy, Ep. 2.03 „Elternabend mit Hindernissen")

XANDER: Sag mal, wie „macht" man eigentlich Cornflakes?
BUFFY: Man stellt die Schachtel neben die Milch. Hab ich auf dem Kochkanal gesehen.
(Buffy, Ep. 7.01 „Alles auf Anfang")

Peinliche Momente

SPIKE (über Giles): Hört euch diese Gouvernante an! Der Kerl ist langweilig, staubtrocken und redet geschwollen wie 'ne Tunte. Ihr Engländer seid immer so ... verdammt, mariniert, affektiert, arrogant, elitär, blasiert ... (schaut sich seinen Anzug an) Oh Gott, ich bin Engländer ...
GILES: Willkommen im Tunten-Club.
(Buffy, Ep. 6.08 „Tabula Rasa")

CORDELIA: Was ist das eigentlich für ein Zeug? Das sieht hübsch aus.
WES: Es ist das körperliche Exkrement eines Ethros-Dämons.
CORDELIA: Hätte vielleicht jemand „Dämonenscheiße" sagen können, bevor ich es angefasst habe?
(Angel, Ep. 1.14 „Das Böse an sich")

XANDER (zu Giles): Hey G-Man, was geht ab?
GILES: Nenn mich nie wieder so.
(Buffy, Ep. 2.02 „Im Banne des Bösen")

XANDER: Das macht keinen Spaß.
GILES: Ordne die Bücher richtig ein, dann können wir aufhören.
XANDER: Ich versteh ihr ulkiges System nicht.
GILES: Mein System? Das nennt sich Alphabet.
(Buffy, Ep. 4.03 „Der Stein von Amara")

WILLOWS MUTTER (begrüßt Buffy): Hallo Bunny!
(Buffy, Ep. 3.11 „Hänsel und Gretel“)

XANDER: Mensch, Buffy! Mein Leben ist gerade an mir vorbei gezogen. So richtig aufregend war's nicht.
(Buffy, Ep. 2.18 „Der unsichtbare Tod“)

ANGEL: Es war Darla, sie lebt wieder. Nur, dass sie jetzt ein Mensch ist. Ich hab sie an ihrem Geruch erkannt.
WESLEY: Angel, du kannst doch nicht die Leute beschnüffeln und ...
ANGEL: Du hast gestern mit 'ner falschen Blondine geschlafen.
WESLEY: Gütiger Gott, woher ...
CORDY (zu Wesley): Das ist ja unglaublich! Ich dachte, so was kannst du gar nicht!
(Angel, Ep. 2.05 „Wiedersehen macht Feinde“)

Angel

CORDELIA: Und? Hast du noch dieses „GRRR“?
ANGEL: Uh, das lässt sich nicht heilen, wie du weißt.
(Angel, Ep. 1.01 „Licht und Schatten“)

ANGEL: Geh wieder nach Hause, Spike. Ich behalte den Ring von Amara.
SPIKE: Warum? Weil du jetzt Angel, der Vampirdetektiv bist? Uhhhh, hab ich eine Angst. Was wirst du noch? Vampir-Cowboy? Vampir-Feuerwehrmann? Nein, Vampir-Ballarina!
ANGEL: Ja, ich arbeite gerne mit meinen Beinen.
(Angel, Ep. 1.03, „Der Ring von Amara“)

ANGEL: Drei Dinge, die ich einfach nicht tue: bräunen, Beziehungen und in der Öffentlichkeit singen.
(Angel, Ep. 2.01 „Das Tribunal“)

KATE: Jetzt redest du wie ein Detektiv.
ANGEL: Ich bin Detektiv.

KATE: Die haben aber gewöhnlich einen Lebenslauf. Außerdem eine Lizenz und einen Nachnamen. Popstars und der Papst tragen nur einen Namen.
ANGEL: Ich geb's zu, ich bin der Papst.
(Angel, Ep. 1.05 „Zimmer mit Aussicht")

WESLEY: Du arbeitest für einen Mann, den du für nobel und gut hältst. Ich respektiere das. Das Problem ist nur, er ist es nicht.
JUSTINE: Du arbeitest für einen Vampir.
WESLEY: Der wirklich nobel und gut ist. Komisch, nicht wahr? Aber so ist es.
(Angel, Ep. 3.15 „Eine Frage der Loyalität")

Angelus

GUNN: Also, Angelus und Darla zusammen, böse Kombination.
WESLEY: Sie tobten über den halben Globus, bis Angel seine Seele bekam.
CORDELIA: Stell dir einfach Bonnie und Clyde vor, wenn sie 150 Jahre Zeit hätten, es richtig knallen zu lassen.
(Angel, Ep. 2.05 „Wiedersehen macht Feinde")

DARLA (zu Angel): Du warst eine Legende. Niemand konnte je mit dir mithalten. Nicht mal ich. Man lernt so eine Art von Bosheit nicht.
(Angel, Ep. 2.05 „Wiedersehen macht Feinde")

DRU (über Angelus): Er wird sehr ärgerlich sein, wenn er herausfindet, dass er dieses wunderschöne Abschlachten verpasst hat.
(Angel, Ep. 2.05 „Wiedersehen macht Feinde")

ANGELUS: In all den Jahren, ich weiß nicht warum, habe ich noch nie eine Berühmtheit getötet. Das wird sich jetzt ändern. Aber das glaubt keiner ohne Foto. Ich weiß was! Wir machen es einfach so wie früher: Ich stecke deinen Kopf auf einen Stock. Das ist der beste Beweis.
REBECCA: Meinst du das ernst?
ANGELUS: Es gefällt dir nicht …
(Angel, Ep. 1.17 „Für immer jung!")